捧读

触及身心的阅读

生活就是逢山开路遇水架桥

程碧——著

天津出版传媒集团
百花文艺出版社

目 录 / contents

PART ONE 工作的女人

生命的意义就是选择一件你喜欢的事情一直做下去

PART TWO
Little Things

美好就是跳跳糖在舌尖上
噼里啪里爆破的感觉

PART THREE

旧日时光

旧时光是人生的补给站

PART FOUR 厨房里的哲学家

人类只有在饱腹后
才能去爱别人

序言：

我总是为我的梦想买单，我不欠夜晚任何东西

台北在下雨。

我刚刚从台南的海边回来，台北依然在下雨。

我坐在二楼的咖啡座刚刚读完一本繁体版的书，这是个工作日，咖啡店只有我一个人。连续几日在台东和台南旅行，经过茫茫的太平洋海岸线和旷阔的沿海公路，又回到台北的盆地城市里。现在是冬季，地球上各个大都市的忙碌都是一样的，人们撑着伞快速走过红绿灯，走过街角，转个弯就消失了。

明天我就要离开这座城，透过咖啡馆的玻璃窗看着外面繁体字的广告招牌，一边喝着果汁一边敲着字，作为我第三本书的开始。我喜欢在旅行的时候写一点什么，当我回头再看那些只言片语的时候，它会帮我忆起那些

日子发生的事情。

我忘记是17岁还是18岁那年，那时候的我还在上学，有一天我将随手写的一点小感悟寄给了一家发行量很大的杂志社。杂志是室友买的，我从封底看到一个投稿地址就寄了过去。几个月后，当我几乎忘掉这件事的时候，我收到杂志社寄来的稿费。但因为那篇文字是我写完就随手用信封寄出去的，没有留底稿，后来因为我的地址变动也没有收到样书，所以现在我已经忘了那时的自己到底写了什么。但那件事激励了我，从那时起，我就开始写一些文字，随手记录在小本子上，现在这种记录的习惯还在，只不过从纸质的笔记本变成手机备忘录了。有时，我在淋浴，忽然有了一点想法，生怕忘记，于是匆匆从浴室里出来，打开手机备忘录，简单记下来几个关键词，再回去继续洗未完的澡。只是那时候写的文字比较少，只有零星的短篇小说、诗歌发表在《青年文学》这样的文学杂志上。可能因为那个时候阅历少，自信不足，纵使有很多东西要表达，也没有成为体系，没能成为那种“成名趁早”的少年作家。但当作家的梦想一直蠢蠢欲动，我知道这个梦想很奢侈，纵然心中向往，也不敢贸然讲出，它一直埋在我心里等待合适的温度发芽。我怀揣着它就像揣了一只气球，这些年来东躲西藏，尽力保护它，生怕碰到尖利的东西，把它刺破。那么一来，之前积攒的所有能量也就都将前功尽弃了。不过，我深知，随着年龄的增加，以及周遭环境的变化，我的气球被刺破的可能性更大了。为了保护它，我搭建了一所透明房子，我和我的气球躲在里面，我可以看到外面发生的一切，但不让它们靠近我，侵蚀我。这样，我们才能同时活下来。但有时候，它也像一块硬石硌着我的心口。

这样过了十多年之后，我才在先生的鼓励下写出了人生中的第一本书《林徽因传：人生从来都靠自己成全》。在写作那本书的过程中，我的内心是忐忑的，修修改改写了一年多才交稿。我还记得那时候，我去图书馆用双肩包背回一大包资料，还没有走到家，双肩包的带子就被压断了。每当写累了停下来，我就会茫然地看着窗外飞过的鸟儿，不知道那些文字会有怎样的命运。但幸运的是，它在出版后很受欢迎，一路闯入各大畅销书榜，我也常常会收到读者发来的私信，跟我讨论书的内容。在我毫无预期的情况下，它还获得了一些奖项。这些奖项不论大小，对我来说，都是一种激励。

隔了一年，我又出版了我的第二本书《三毛传：你松开手，我便落入茫茫宇宙》。在书出版一年后的某个清晨，我迷迷糊糊地拿着手机去洗手间，一条微信的未读提示跳了出来——是在美国的朋友发给我的照片。他说在纽约最大的华文图书馆——法拉盛图书馆看到我的书了。我看着照片中《三毛传》和其他华语作家的书并排陈列在新书架上，封面上贴的图书收藏标签是一种天空般悦目的淡蓝色。那种远隔重洋被朋友遇见自己作品的幸福感，让人无法继续入睡。我想，写作的好处大概就是这样，当你离开那本书的写作状态很久之后，它仍然像个离家的游子，时不时地会传递消息回来，与你互动。

出版过两本书之后，我越来越珍视我的作家职业。写作是我的理想生活，它带给我愉悦的同时也让我明白，如果你想享受某件事带来的荣耀，就要为此付出精力和劳动。当今，人们了解世界的途径越来越多，新的媒体层出不穷，一些“聪明人”越来越快速地制造着各种知识，恨不得给用户直接破开脑壳灌进去。以前是一个人活成一支队伍，现在是一支队伍伪装成一个人，单打独斗的作家终于成为了一个古老的职业。但就是这么一个古老的职业，在一次次新浪潮的冲击下非但没有被取代，反而越来越高贵。也许阅读纸质书在未来会成为一件奢侈的事情。但它就像灯塔水母一样，看似柔弱却有永生的基因。

我不是那种早慧的天才少年，很早就确立了自己的人生目标。写作的种子在我十七八岁的时候飘进了我的心里，但一直到了25岁才开始萌芽。这个过程很长，又过了许久，才在我面前勉强露出一个模糊的轮廓。直到30岁，我才开始正式出版了自己的作品。这样一条路在不知不觉中竟然走了十多年。有时候我想是不是因为从小陪伴我长大的书都是童话书的缘故？为什么家长没有给我读更有“深度”的书呢？那样我可以更早一些思考人生，也许更早几年成为现在的我。可是转念一想，也许每个生命自有安排，生命中的每个节点都有其存在的原因，不能早也不能晚，才能成就现在的自己，我就是那个慢熟的人。

当你回头看时，就会发现，不管人生中经历了多少不愉快，能记住的都是愉悦的事情。所以这本书中，我写了生命中诸多美好的事情——那些旧日时光；那些生命中一些无用却动人的小事情；那些与食物有关的生活；还有那些为了梦想努力工作的日子……过往的每一件事情，每一次细微的感悟，都引领我成为现在的我。我尽可能少地关注消极的事情，正如帕慕克所说的：“从20岁开始，我觉得自己身上有一个可以保护我免受各种灾难和不幸的无形盔甲。这种感觉还告诉我，过分关心他人的不幸也可能让自己不幸，还可能导致我的盔甲被刺穿。”

当我敲下这本书最早的两段文字之后，有很长一段时间，写作是停止的。今年，当我将它完成，已经隔了很长时间了。这段时间里世界又发生了很多变化，现在已经无法像之前那样可以在台北自由旅行了。但我还是用了最初写下的那两段文字作为这本书的开头，新的与最初的文字重新链接了起来。

我想，只要自己不放弃一件事，它总会找个合适的机会画成一个圆。就做一只蜗牛也好，尽管慢，只要不停下来，顺着想要的生活一路留下痕迹就好。

Wind & Café
風咖啡

PART ONE

工作的女人

生命的意义就是选择一件你
喜欢的事情一直做下去

城市的灯火

你喜欢夜晚吗？喜欢，但是得灯火灿烂。

——《玫瑰人生》词作者、演唱者 伊迪丝·琵雅芙

在一家社交网站上看到一个问题：你是如何爱上一座城的？

我在心里回想了一下，那些理想啊、前途啊，这些人生中的大主题在心里一一闪过又消失后，就只剩下“午夜那些隐藏在树叶中的路灯发出的光”定格成了答案。

我在下面回复：因为午夜那些隐藏在树叶中的路灯发出的光。

那大概是在2007年，我毕业后不知道要做什么，就回老家去了舅舅朋友的公司做设计，每日的工作是在餐

具上设计图案。这是一份看起来还不错的工作，一开始还有些许新鲜感，但我很快发现，在此工作一年和工作十年没有太大的区别。

我第一次想到要来北京，只是因为北京是首都。我想，作为一个中国人应该去首都看一看。从我所在的城市到北京乘飞机是1个多小时，我选了夜间的航班。夜里12点多，飞机下降时，前排的女士突然发出轻轻的赞叹声："好美哦。"我连忙探头去看，虽然已有心理准备，但还是被惊艳到，飞机下方璀璨的灯火如碎钻般闪耀着，美丽极了，看得我眼角湿润，内心升腾起欢乐的情绪。出了机场已是凌晨1点多，天空在下小雨，雨细密地打在出租车的玻璃窗上，街上偶尔有行人，经过的店铺大都已打烊，只有招牌上的灯还在闪烁着。这一刻，这个城市像一部无声电影，一帧一帧地展示着夜晚的美丽以及人群散去后城市的面目。这一路不管驶过哪里，都有灯。

城市睡着了，灯火在守夜。

当出租车最终在酒店门口停住时，那些隐藏在树叶中的路灯散发着微黄的光芒，让人心里安定。到达一个陌生城市的兴奋使我睡意全无，心里突然有一丝念头，希望能够在这个城市生活，但同时又觉得从一个城市迁移到另一个城市有诸多不易。

那时的我，只零星地发表过几篇文章，还不敢把将来要当作家这件事光明正大地说出来。小城市的氛围保守、沉闷，虽然经济发展得不错，但读书的人很少。市中心最大的超市里有几排书架、十字路口有家报刊亭——我主要就是在这两个地方买书。

有一天，我站在书架前看书，一个爽朗的女同事和她男朋友经过时看到了我。她隔着门口的收银台大喊："园园呐，你在干吗呢？"我不打算大声地回应她，只朝她晃了晃手中的书，因为那个距离需要用很大的音量才能正常对话，她继续大声喊："哎呀，你平时就喜欢看一些奇奇怪怪的书。"我看了看手中那本小说合集，丝毫没见奇怪之处。她这样一喊，有几个人朝我看了过来，目光中透着猎奇。她打完招呼便嘻嘻笑着挽着她男朋友走远了，而我恨不得原地隐身。

这也是促使我想离开家乡去北京的原因。

但我是在对北京完全不了解的情况下决定来北京的。如果我第一次到达北京时是个白天，可能就不会在初见时就有了想要在此生活的念头。那晚的灯光让我忽略掉很多现实问题就决定要留下来。来之前，我只知道北京有蟑螂这种我从未见过的生物，我在心里想象了一下蟑螂突然出现的情景，觉得自己能过去这关。如果我在到达之前再多了解一些北京，多看一些关于“北漂”的“悲催”生活报道，恐怕我就吓到不敢来了。真正来到这个城市后才知道，要在这里生存下去，要克服的远不止蟑螂这种小东西。

我在与朋友告别的时候，听到很多担心的声音，比如年纪问题，比如如何生存下去，这些声音在我心里一闪而过，我觉得要像《小马过河》里的那匹小马一样，水深水浅都要自己下去试一下才知道，我相信勇敢地踏出第一步后，生活会指引着我走向那条适合自己的路。其实那年我才25岁，想要的生活刚刚在我面前有一个模糊的轮廓。但在那个日子慢吞吞的小城中，人生好像已经被定型，往后的变化就只是年龄的增长了。我想，我要的也不过是能够做自己喜欢的事情的那种自由罢了。其实说起来，这自由也不是多么大的自由，只是一些我自己才在乎的微小的自由。比如，在我所在的城市，你若沉默寡言便会被当成怪胎，你若说话声音小便会被觉得是个废物，你若埋头在自己的世界里就会被说成怪癖……也许，远离熟悉的人群，更易于我做自己。

北京是一座大得仿佛无边的城市。刚来时，我去朋友家玩，坐上一辆看起来只有十几站的公交车。我以为很快就能到，谁知它载着我一路走走停停，最后竟然上了高速，用了1个多小时才到。当时在别的城市，从来没有去什么地方需要上高速路的情况吧。

有人在这个城市一举成名，成为镁光灯下的宠儿；也有人迷失了自己，永失所爱，流离失所……各式各样的故事都在这里上演着。2008 年 4 月的最后一天，当我提着简单的行李来到北京时，还不知道，那件叫理想的小事已经套上了马鞍朝着它的方向奔跑了。

现在的北京，对于外乡人来说，依然有着很多明显的缺点：昂贵的房价、拥堵的道路、浓重的雾霾，以及汽车牌照之类的种种限令。我有时候也会受不了北京漫长的冬天，会收拾行装逃到南方去，可是每次过个几天就乖乖地回来了，这个城市的好处不是三言两语就能说清楚的。

一个晚上，我载着一个年轻的员工顺路送她回家，那已经是我在北京生活的第 10 年了。车在建国路上行驶，她看着窗外，惆怅地说："这么多灯，哪一盏是我的啊？"此时的她与彼时的我心境完全不一样。那时候，我一个人走在大且陌生的城市，无依无靠，但只要有灯的地方，心里就会有一种莫名的振奋，哪怕知道那灯不是为我独亮的。我比她年长 10 岁，此时，不知道该接什么话去开慰她。这是我们两个人性格的差别造成的不同感受，还是追逐梦想的黄金年代已经过去了？我心里不由浮现出日本作家又吉直树初到东京时对东京说的一句话："这个世界不要欺骗年轻人，不要把他们当食物吃掉。"

每个人都在寻找与自己灵魂相通的城市。这个城市可能在别人眼中漏洞百出，却有细微的动人之处与你相连，找到了它，也许对的人生方向就不远了。就以北京这座城市来说，它虽然很大却不让我迷路；它实现了我的作家梦；它给了我一个彼此相爱的男人——每一次我提出一个在旁人看来很"不现实"的想法的时候，他都觉得这没什么好奇怪的，并且鼓励我去做。我在这里遇到有趣的事，成为我想成为的人，我对它的爱和恨如雾霾般同样不能驱散。

那些与我擦身而过的人，尽管是陌生人，但我知道，我读过的某本小说，他们中的很多人也读过，我看过的某部电影，他们中的很多人也看过。我再也不必担心谈论梦想会使自己显得怪异。这座城市自动聚拢起来很多同类。

这一切，都要感谢，在我刚踏入这座城的时候，那些灯光给我的抚慰。

后来，我看《午夜巴黎》，才知道城市的灯光也照耀过 29 岁的伍迪·艾伦。他第一次去巴黎，便被那里的夜晚迷住了，那些咖啡馆、饭店、派对上的灯火永恒地存进了他的心底。47 年后，他在电影中说："在这个阴冷、暴力、毫无意义的宇宙中，巴黎的这些灯光是整个宇宙的亮点。"我第一次在北京看到的那些灯火也是照亮我新宇宙的光。

有一天夜里，我工作完独自下楼时已经 10 点多了。虽然在这周围的写字楼里，加班是常态，但临街的商铺却已经在 10 点准时打烊。阴影中突然跳出来一个人，喊了一声："姑娘。"

我吓了一跳，下意识地抓紧了包，那个人丝毫不觉得自己吓到我了，自顾自地问："姑娘，哪里最繁华？"

这个问题扯住了我，让我忘记了深夜与陌生人"对峙"

的恐惧。我思索着他的问题，这里就是北京最繁华的所在。我的前方是金地中心，左边是国贸商场，右边是SKP商场，此时我们两个陌生人站在建筑物的阴影中，我却一时不知道该往哪个方向指。

“有灯的地方。”我忽然脱口而出。等从那个情景中缓过来，我突然发现，两个素不相识的人在刚才那一刻竟然进行了一段哲学的对话。

Go Working

我刚到北京的第一份工作，是在一家知名的出版公司做编辑。这家公司的 slogan（口号）里有“死磕”二字——“跟文化死磕”。那时我周围都是些意气风发的年轻人，公司老板也不过 30 多岁。他们不但年轻，还有才华。有些人已经出版了自己的书，有的人早已是很厉害的策划人。我在这个公司做了一年半的编辑，跳槽到另一家公司的时候，就从文字编辑升为了主编。

我跳槽去的新公司在 CBD。初到北京的时候，我就特别想去 CBD 工作。北京的 CBD 官方解释是：北京商务中心区（Beijing Central Business District），简称北京 CBD，地处北京市长安街、建国门、国贸和燕莎使馆区的汇聚之地。也就是说，一切时尚的、高收入的但也是最忙碌的工作都在 CBD。

作家朋友春树说，我就喜欢到国贸买名牌，喜欢一掷千金的感觉。我和朋友去服装店闲逛，一个个品牌店逛过去，标签上的价格贵到令人倒吸一口冷气，可依然有时髦的女郎爽快地刷卡，让店员把心仪的长裙包起来。

那时我的办公室在 16 层高的一个小小的空间里。一面是玻璃窗户，却不能打开，除了门可以进出，其余三面都是玻璃间隔，就像一只鱼缸。在寸土寸金的 CBD 能拥有一间属于自己的小办公室已经是件不容易的事情了，并没什么可抱怨的。

北京的房价本来就已经比一般城市高出许多，CBD 又更胜一筹。早晨，要是看到哪个人奔跑着冲进电梯，那一定是赶着去打卡。到了午餐时间，每一家快餐店里都挤满了人，服务生也没有什么好的态度，反正不管多么难吃的东西都有人买单，而大家为了节省时间也不会跟服务生在态度方面赌气。有时候，我也会在 Subway 这样的快餐店买外带的三明治解决午餐。遇到坐在高大楼宇下台阶上啃着三明治的老外，倒是能够心照不宣地相视一笑。Nancy、David、Vivian们吃完饭便聚在楼下的抽烟区，像电影《志明与春娇》里的场景一样，围着一只大垃圾桶抽烟。那可能是这些白领们一天中短暂而又难得的放松时刻。在电梯里、在吃饭时，永远都能听到妆容精致的白领们在小声地抱怨着哪一个客户难搞，哪一个上司白痴……

有时，为了赶工作进度，我也就顾不得下楼吃晚饭了，披头散发地啃着面包加班。一天的下半场，偶尔有时间照照镜子，就会看到一个妆容狼狈的女人。公司的人事小姐抱怨说，面试的时候，大家都踩着高跟鞋，妆容精致，神采奕奕，谁知来了几天后就都“原形毕露”了……

但到了夜晚，这里便一片寂静。楼下的餐厅人影稀疏，只有大楼高层一间间亮着的灯盏告诉人们，这里还有一群正在加班的人们。那时候，我常常加班，有时候到了后半夜，下楼后，在昏黄的路灯下，伸手拦一辆夜班出租车，看着夜晚车窗外一闪而过的广告牌、路边等车的人、走路的情侣，心里的“雨中交响曲”才能逐渐转换成舒缓的小夜曲，然后会疲惫地在出租车里沉沉地睡去……

那大概是我最忙碌的时光之一。这激烈又忙碌的人生，持续了三年，直到终于决定要创建自己的图书品牌才辞职休整。

后来与曾经一起工作过的同事们聊起来，却都觉得那是一段美好的时光，竟没有人觉得那时候有多么辛苦。每次新书上架被读者追捧、用努力工作换来的假期去看海或者拿到了年终奖金给家人奉上一份丰厚大礼的时候，都会觉得那个在狭小工作间里的工作没有白费光阴。有时候我会接到妈妈的电话，她在电话那头忧心忡忡地说：“虽然这个工作你很喜欢，但也要注意休息啊。”现在回头想来，要不是那段时间紧张忙碌的工作逼出了自己更多的可能性，恐怕后来我也不敢成立自己的公司。

前阵子，入行不久的新人抱怨自己工资太低，没有太多钱租好房子，又因为加了两个小时的班隔天便提出辞职。

“哎呀……”他说，“这个城市这么大雾霾，我每天一出门就有种生无可恋的感觉。”生活在这个城市的人谁不知道雾霾带给人的不爽呢？谁不知每天早晨挣扎着跟床说拜拜的痛苦？谁不知在海边的沙滩上躺在遮阳伞下，一边看着大海一边享受着冰镇汽水的泡泡在喉咙里炸裂的美好呢？可是，如果你不是富二代不是暴发户，要想在这个城市里生活得好一些，也只能靠努力工作为自己杀出一条生路了。连可可·香奈儿都说：“人只有通过工作才能成名。天上不会掉馅儿饼，我需要亲自和面做出来给自己吃。我成功的秘诀在于，我一直在辛苦地工作。”

忽然就想到《破产姐妹》的一个画面：卡洛琳对着一个逃避工作并试图用一首蹩脚诗去蹭免费蛋糕的男人大喊：Go Working。

我也想对这个新人说一句“Go Working”。只有更努力的工作才能让我们有更美好的生活。可是当下的我却什么也没有说，只是在他递过来的辞职信上签上了自己的名字。

在人生的某个阶段，我们就像一条鱼缸里的鱼。外面的世界固然精彩，可只有密闭的鱼缸才是你此刻的生存之地。懂得努力的人会将自己变得强大到能离开鱼缸进入大海；而不懂努力的人只会日复一日，年复一年，最终窒息在鱼缸里。

因为喜欢，所以愿意亲力亲为

在我的公司创办了几年之后，有一次和一位朋友闲聊，她问："现在，你还有在亲自做书吗？"她的问题让我微微一愣，我怎么会不亲自做了呢？当下又立刻明白，她跟很多人一样，对自己开公司做老板的人有所误会——认为当了老板后，所有的事情都指挥别人去做就可以了。

虽然公司已经创立好多年了，但我每本书都要亲自跟作者沟通书稿的修改，每个封面都要亲自去跟设计师讨论，还要写全公司至少 80% 的文案，一直到现在，很多的书我也要去亲自做其中一部分环节。在最开始，我也想把很多工作交出去，但全部交出之后，又有点空落。我是因为喜欢书，才进入这个行业，并不辞辛苦地创办了公司，这样才能最大程度地按照自己意愿去做事情，并且出版这件事，本身就是要带着出版人的体温的。后来遇到的几件事，更加固了我的想法——真正热爱战场的人，即便有千军万马可以指挥，也会亲自上阵。

有一天，我陪先生去看中医，他进了医生的办公室后，我便坐在走廊的椅子上等他。不一会儿，有个穿黑色套装的女人一边打着电话一边哒哒哒地朝这边走过来。她走近的时候，我听到她在说："那个稿子我们还在审读，审读完后就会发给您，有一些地方还需要修改。"（大概是这样的话）起初，我并没有特别注意她，但听到她说起书稿时，心想：哦？在这里都能遇到同行。她一边继续打电话一边在包里翻腾着找东西，大概是找病历本，里面露出一沓打印稿纸。挂掉电话后，她推门走进医生的办公室，随后，我听到先生和她说话的声音，从音调上能感觉到他们都很惊讶能这么巧在同一个医生处遇到。过了一会儿，当我先生从医生办公室走出来的时候，我问他："你认识刚刚进去的那个人吗？好像也是出版行业的人呢。"他说："是啊，她是 ×× 公司的老板。"××

公司是一家以图书出版、影视制作为主的公司，是业内数一数二的大公司，出版过很多畅销书，也拍过票房很高的电影，员工超过 300 人。拥有了一家那么多员工的大公司，她还在亲自为一部书稿与作者讨论细节。

还有一次，我在香港湾仔一家老字号的香辣蟹店吃蟹，具体的店名忘记了。那是除夕，店里坐满了不同国籍的食客。吃饭期间，店老板——一位高高瘦瘦的、看上去至少已是 65 岁的老人，来到每一桌的客人面前说谢谢，并询问大家味道如何。到我们这桌的时候，他说："怎么样，好吃吧？"虽然是个问句，但声音中透露着自信——自信一定会得到肯定的回答。他一看就是那种非常热爱自己所做的事情，并不只是为了谋生而开了这么一家店的人。我心里正感慨他年纪这么大了还要亲自下场来跟每一位客人说谢谢的时候，一扭头，看到远处的收银台旁，有一位更老的、像是他父亲的人正在那忙碌着。

工作的女人

之一

我有一个女朋友，她是我先生的朋友的妻子，后来我们也彼此熟悉，成为朋友已经有七八年了。她在西安一所大学教剧本创作，孩子 5 岁时，去读了中央戏剧学院的博士，每个月都要不辞辛苦地往返于西安和北京两地，三年后就顺利拿到了博士学位。

我们虽不在同一个城市，但见面的频率也算高的了。每次，我去她所在的城市，都会约在一起吃东西、喝咖啡，聊聊诗歌、电影、出版之类的事情。我去她家借住过，也一起结伴旅行过。总之，我觉得我对她的认识已经够多了。

有一次，我又去到她的城市，照例是几个朋友吃完饭后在咖啡店聊天。那天是个休息日，聊了一会儿，她说，学校要参加一个北京的艺术展，下午要回去给学生排话剧。她邀请我们一起去看。

那天他们是在学校小公园里一处拱形的门洞下排练。那个话剧的演员比较多，在此之前，他们已经排练过几次了，但这次新换了主角，还没有进入状态，现场略显混乱。我们几个人就三三两两地站在旁边观看，起初，我们还在继续聊着咖啡店里的话题，但不一会儿，就被他们吸引了。刚刚的小混乱过去之后，每个演员都站在了该站的位置，开始表演。那天她穿了一件蓝色的长袖衫，袖子的下半部分是略宽大的喇叭状，虽然是跟在咖啡店聊天时穿的是同一件衣服，也不是在正规的舞台上，但当她走到学生中间，指导学生念白、调整姿态的时候，神情、眼神忽然像换了一个人，长袖一挥，之前的温婉收敛了起来，转而是专业、犀利，气场上立刻不同了。

她工作的形象，更精确地说是日常的她与工作的她转换的那一瞬间，如此震撼动人。就像一处平常的景色，突然被霞光笼罩。

工作对于一个女人的加持，效果如此明显，立竿见影。那个时候，我也忽然理解了日本设计师山本耀司对于工作的女人的“表白”，他写：“很遗憾，我对那些卖弄风情的女人丝毫不感‘性’趣，相反的，一位专心踩踏缝纫机的女性背影，或是聚精会神缝衣服的侧影都会让我感受到一股强烈的情欲……她们具有动摇我的力量。”

之二

我最近在关注一位韩国的女星高贤贞，我平日里不是韩剧谜也不太关注韩国的明星。之所以关注她，是因为看过一篇关于她的文章，她的故事大概是这样的：这个1971年出生的女生，18岁时参加韩国选美比赛获得亚军，从而进入娱乐圈，并顺利地出演了两部电视剧，其中一部《沙漏》的人气堪比中国的《还珠格格》，她也被视为少女偶像，男生们的梦中情人。在一次偶然的机会中她遇到了三星集团会长李健熙的外甥——韩国新世界百货的副总裁郑永振，两人坠入爱河。年轻的她便嫁入豪门并隐退，8 年间为郑家生了两个儿子。结婚 8 年后的某一天，她突然宣布离婚，据说，从协商到办理完离婚手续仅仅用了两个小时。

关于她的前半生，媒体常用这几个字作为终结："24 岁闪嫁豪门遭排挤，33 岁离婚复出，分得 1000 万却输掉一对子女。"

媒体形容这场离婚为自杀式离婚，因为那时她已经 33 岁，这个年龄对于亚洲女星来说很尴尬。离婚后，她遭到了有着强大背景的夫家的封杀，她的海报不能出现在任何跟郑家有关的生意场合。过去的 8 年间，她隐退得很"成功"，只被拍到过 3 张日常生活的照片，看来，她当年真的是一心想要过相夫教子的生活。但 8 年的时间，足以让新人辈出的娱乐圈忘掉一个人。

离婚后，她没有拿着夫家给的赡养费得过且过，而是选择重新出来工作。她接下了很多戏，某次在拍戏的时候，因为太投入被烧伤。隐于婚姻的那几年，不但没有抹杀她的演技，反而更加纯熟，出演的每一部作品都可圈可点。她好像要把那“失去的 8 年”的工作量全部补回来，每年都有一到两部作品上映，终于重新成功地回到了大众视线，为自己的人生赢得了喝彩。近几年，在拍戏之余，她又创办了自己的服装品牌，据说上线仅四个月，营业额就接近 2 亿人民币，远远超过离婚时分得的 1000 万。

当她把人生重新掌握在自己手里之后，才敢透露刚离婚时的不安，她说：“那 8 年像去了另一个世界，刚离婚时，很担心自己无法复出，所以很珍惜每一次工作机会，也在努力提高演技。”她不想只演一些肥皂剧，为了出演更能磨练演技的洪尚秀导演的电影《海边的女人》，她当时分文未取。结果也如她所愿，这部剧为她获得了韩国国内的两个电影大奖。

刚离婚的前两年，势利的媒体叫她“豪门弃妇”。媒体对女明星有多苛刻呢？无论生活、穿着还是仪态，都对其极尽所能地挑剔。我记得周冬雨刚出道时，参加一个活动，有个在台下拍她的记者，一边拍一边对另一个记者说："你看她那裙子土的，你看她连站也不会站。"那段对话我是无意中调大了音量听到的。那个女记者不屑的语气，我至今仍记得。再看现在的周冬雨，有了更多的作品之后，自信、品位出众，前途不可估量，媒体们都视她为品位女神，哪个记者还会说她"土"？与之相比，韩国的女明星处境会更艰难一些。但现在，虽然高贤贞常常被拍到工作时的"邋遢"照片，比如认真给模特试穿衣服时，头发胡乱地扎在脑后，或者只穿一些款式简单的衣服，因为这时候的她，身份早已从"明星"退至幕后，但她这种"邋遢"工作的样子却引来媒体对她的激赏。大概，工作的女人会令人产生敬畏之心吧，命运掌握在自己手中的女人，别人即便想踩她一脚，也找不到可落脚的地方了。她可以不去理会毒舌的娱乐记者对她造型的点评，也不必小心翼翼地讨好媒体，只要安心做自己的事情就好了。

再回头看她在豪门生活那几年被娱乐记者拍到的照

片，那是一张家庭主妇的脸——双眼呆滞、脸庞微微发福、低眉顺眼，给人的感觉是在怯怯地生活着。看一个女人是否真的过得好，不是看她是否有钱，是否嫁入豪门，而是看她是否有活力，那几年的她就像一棵失水的植物。而近几年，作品里的她，皮肤水润，眼神清澈，这些年自给自足的工作，让她的面孔又恢复了活力。

40 岁时，她大方地上综艺节目，主持人调侃她说："你这个年龄是'年轻一点的奶奶了'。"她也只是哈哈大笑而过。谈论起很多年前的那场婚姻时，主持人提及当年在豪门夫家被家族的其他女人排挤看不起的事情，她说："没有的事，她们都是素养很高的人，怎么会做那样的事情呢？"提及前夫，她淡淡地说："过去的都过去了，毕竟相识一场，我希望他过得好。"

那些不好的事情真的没有发生过吗？还是说现在看来都不值得一提了呢？只有从之前的境况中走出来，靠自己去工作获得了体面生活的人，才会以这种淡淡的语气谈论过去的不如意，而不去记恨对方的吧。

每个有想法的人类都需要一间工作室

人们在卧室睡觉，在饭厅吃饭，在客厅娱乐，所做的事都大致相同。唯有工作室是区别于他人的一个空间，这是个可以把氤氲在人周身的创作气息聚拢的场所。人与人的区别大都是在工作室中创作出来的。

我喜欢的日本艺术家草间弥生说，她人生中最愉快的决定就是为自己买了一栋楼作为工作室。她在 20 世纪 70 年代，因为身体原因从生活了 20 多年的美国回到家乡日本。白天，她在工作室画画，晚上，便住到工作室附近的疗养院。她的文字作品大都是在疗养院创作的。疗养院成了她的另一间工作室。

我曾经尝试过把家里的其中一个房间改造成工作室。可是问题多多，当我想工作的时候，总是惦记着卧室的大床和冰箱里的新鲜山竹、橙子们，工作与生活的区域混在一起，过于紧密，没有办法安心下来做事情。

我也曾经尝试去咖啡店写作，但是一个小时后，我就知道了左边的那个可怜的中年女人，刚被骗走了几十万；右边的漂亮女人正在给闺蜜的离婚出谋划策；身后沙发座里的女人对她朋友说，有个大师，说要给我超度，可我不知道，该给他多少红包……我以为遇到女鬼，抱着电脑落荒而逃。

在咖啡店里听故事还行，却是无法工作的。

早些年，在我和先生决定创建《地球旅馆》MOOK（杂志书）时，虽然资金比较紧张，也只有我们两个人，但我们还是决定先找一处独立的工作室。后来，我们在离住处只有几十米的另一栋楼里租了一个工作室，虽然只有几十米的距离，但是在内心里，那个区域是被定义成“工作的地方”的，它成功地把家里的慵懒氛围隔离开来，而工作完回到家之后，便可以尽情做一些只有在家里才能做的事情，吃饭、睡觉、娱乐，也不用担心工作的事情会从另一间屋子里破门而入，打扰自己的居家时间。甚至在接收《地球旅馆》作者发送的文件的时候，即便是在半夜（因为《地球旅馆》的作者分布世界各个角落，几乎每个人都与我有时差，日夜颠倒的沟通和传送文件已经成为常态），我也要快速穿好衣服去工作室接收，把“工作”接收到工作室里。

当我在工作室，坐在电脑前开始一段工作时光的时候，感觉周身笼罩在一种奇特的工作氛围中，像被一团薄雾包裹住，这团薄雾跟随着我走路、吃饭、看电影，做任何事情，只要不长时间地离开工作室，每次坐到电脑前，它们就会聚拢过来，脑子里会涌出无尽思路。可是如果我在未完成之前，被某件事情打断，需要长时间地离开工作室一段时间，比如不得不面对的新年假期，暂停手头的工作，去与亲人团聚，那么，等我再回来的时候，那个笼罩在我周围的薄雾就已经不在了，我要坐在电脑前，用很长时间，甚至是几天，才能把它们重新聚拢起来。就像武侠电影中密室里的练功者一样，他们盘腿而坐，先用几个招式把那团薄雾抓过来，聚拢，调理生息，然后才能投入练功（工作）。

每个有想法的人类都需要一间工作室，离开那个区域，我们如同被夺下武器、褪掉铠甲的武士，什么也做不了。

学会在无人支持的状态下工作

无论写作，还是出版，都是付出不一定有收获的工作。

写的东西无人赏识，提交的出版方案大家都表示看不懂，这种情况大概率地发生着。也有人写了自己认为很厉害的文字，却一生都得不到出版的机会。

我和先生在最早创办图书公司的时候，因为没有自己的发行平台，需要把书编辑完后，再另找其他大公司代发行。

有一次，他带着“地球旅馆 MOOK”的创意去和一家业内很大的图书公司谈合作。那位老总看完方案，漫不经心地放在一旁的桌子上，淡淡地说：“你们呀，文艺青年呐，都想做这个。”——对方自然是没有兴趣为我们发行的。

那时候我们一直在不停地遭遇着这样的事情。

这种拒绝多了会让人失去信心，自我怀疑，要不要继续做下去。

但我们还是在没有确定好发行公司的时候把这个创意先做了出来。我们夜以继日地去编辑书稿，在资金并不宽裕的情况下，也会请业内最好的设计师做方案。我给喜欢的艺术家草间弥生的工作室和加菲猫的作者吉姆·戴维斯写邮件，希望能为他们做一个专题。他们很快回复，并给了我很多帮助，草间弥生的助理给了我很多她的作品图片和她年轻时在纽约的行为艺术照片；吉姆·戴维斯接受了我的邮件采访，他还模仿了加菲猫的语气回答了我的问题，并且给了我很多创作初期的手稿。这些稿子都在《地球旅馆》MOOK 里展示，而那时我只不过告诉他们，我来自中国，我要做本 MOOK。

后来，我们终于带着成品找到了一家规模很大的出版社为我们发行，这些书才得以上架。有一天，先生在我耳朵里塞了一只耳机，我陪着他听完，原来那段时间，他是靠耳机里的一首歌给自己打气的。

其实，那个时候，我的心里是没有“学会在无人支持的状态下工作”的觉悟的，但当时我对其他事情毫无兴趣，只想着要做这件事。加上后来我在草间弥生、吉姆·戴维斯等大咖那里得到了鼓励，让我觉得这一切并非是文艺青年式的异想天开。

后来，我们也有了自己的发行公司，可以按照自己的想法去出版一些书，但并不表示事事都被支持。“学会在无人支持的状态下工作”的壁垒是在这些被拉扯的过程中慢慢筑起来的。我们能做的就是，一边快速地消解掉那些向后拉扯的力，一边不露声色地继续向前走。就像科恩那首歌唱的一样：“敲响那些仍能敲响的钟，忘记你的奉献，万物皆有裂缝，那是光的入口。”即便经历了100次拒绝，从拒绝的缝隙里露出一丝光，就足够照亮此前的黑暗。而每次回头看，心里都会后怕一样地喊一句：幸亏当时做了啊。

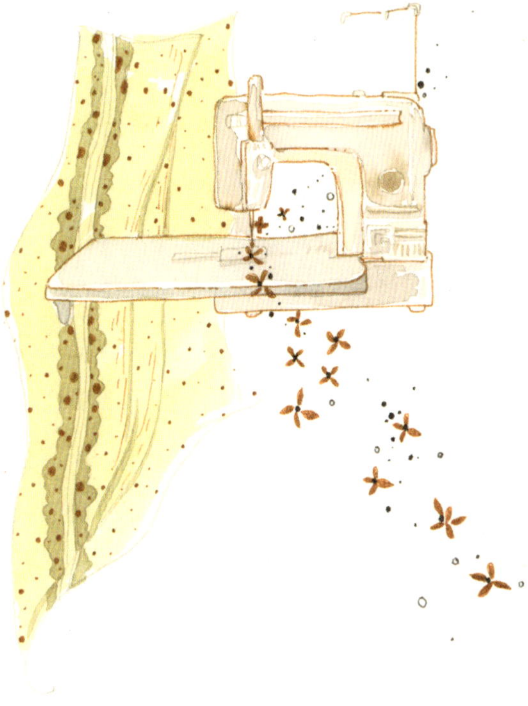

坚持做一件事情的效果

有一则新闻：

美国威斯康星州的摄影师Mark Hirsch，二十年来每天都会驾车经过一棵年老的伯尔橡树。但他从来没觉得它有什么特别之处，也没有想过要为它拍照。直至有一天他为了测试新买的iPhone，就拍摄了这树。他拍完后发给朋友看，朋友建议他："如果每一天都拍一张这棵树的照片，会是什么感觉呢？"Mark真的照朋友的建议开始了这个拍摄计划。听起来，每天拍同一棵树没什么有趣的，也没什么视觉冲击力，可是拍着拍着，Mark发现他开始感知到了这棵树的生命和色彩，感到他和这棵树的生命走得更近。他围绕橡树本身以及它附近的各种生物、环境，并以此发掘出它的种种美态，他一边拍摄一边在 Facebook 分享。一年的拍摄结束后，他出版发行了《*THAT TREE*》。

选择一件你喜欢的事情，坚持做下去，美好的事物会在另一端等着你。

上帝从未许你一座玫瑰园

每次招聘的时候，总是会遇到一些让我印象深刻的人。

有一年年初，招聘新人的时候，邮箱里收到一些简历。公司的 HR 跟我说，有个投了简历的女孩联系她，说自己很喜欢读书，非常想做跟书有关的工作，希望能得到面试的机会。她的简历我记得有看过，但有点普通，就没有列入要面试的行列。但是听 HR 这样一说，我又重新看了一下她的简历，还是觉得履历平平，她之前做的工作跟图书出版也没有什么关系，但她这样主动为自己争取的态度有点触动我。我想到自己最初也是在对这个行业一无所知、只有一腔热情时，因为得到一家图书公司给的机会才得以入行，便产生了同理心。并且，我招新员工的时候，也觉得经验不是最重要的，对于这个行业的热爱、投入程度比经验更重要。所以，我就让 HR 通知她来面试。

发出邀请之后，HR 告诉我，她并没有在北京，还在北方一个小城市，工作也并未辞掉。不过，几天后，在约定的时间里，她还是来了。

她给我讲了一下她的经历，非常简单，就短短几句话：

她一直有个当图书编辑的梦。5 年前，她大学毕业后，在北京面试了一家业内不错的图书公司，面试通过了，也接到试用通知了，但是家里人不让她在北京发展，把她召回了老家——一座五线小城，通过关系去了一所学校当了语文老师，这一做就是 5 年。但小城市的平淡生活和想当图书编辑的未熄灭的梦一直缠绕着她，于是，她开始投北京各大图书公司的简历。

她说，5 年前，她没有按照自己的意愿做选择，5 年后，一定要做自己想做的事。这一次，她会说服家里人，一定要来北京。

我听了她的大致想法后，内心有点儿被触及，很想帮她一下，但有两件事让我觉得有点儿迟疑。她是瞒着家里人来面试的，我为她是否能抗争过家里人的思想捏一把汗。另外就是她的履历实在太普通，除了对图书行业的热情和当老师的经历，实在看不出她的能力。但我又想，至少她当过语文老师，如果自己再努力一些应该也是可以胜任的。在图书行业，有很多非本专业但是做得很出色的编辑。我在心里抗争了一下，还是决定给她这个机会，就跟她说，你可以来工作，试用期两个月。

这次见面我跟她谈了 2 个多小时，并且很认真地给她介绍了一下行业的发展，好的、坏的状况都有跟她介绍，包括有告诉她试用期的薪水，以及试用期过后会有怎样的待遇，也给她举了一些跟她最初入行时处境差不多但后来做的很好的例子鼓励她。她走的时候，要了我的微信，并且一再表示感谢，说回去考虑一下。

过了几天，HR 跟我说，那个女孩联系她了，问她试用期的薪水能不能再高一些？我们的试用期也是按照正常的薪水发放，并没有因为是试用而减少，并且从试用期开始，参与的项目就有奖金可拿。这是一个比较公平的待遇了。

当天，她又给我留言，问了同样的问题。

我说："抱歉，不能了。"

她说："再加一千也不行吗？"

我说："不可以。"

她说："可是我已经工作5年了啊？不是刚毕业的大学生。"

"但你工作的这5年跟你即将要做的工作完全没有关系，你在这个行业是新人。"我如实地告诉了她这个残酷事实。

她说，那我再考虑一下。过了十几天后，她跟我说，她家里人还是不同意她来北京。但是，她说"我已经下定决心了，一定会来北京的"。每一次聊完，都会说"我已经下定决心了，一定会来北京的"，这句话更像是说给自己听的。

如此，每隔几天，她就来问一些问题，反复询问了两三次，后面的一两次，好像已经没有问题可问，只是试探一下新世界的大门是否还为她敞开着。每一次问完我是否还招人，在我有了确定的回答之后，就不再说话了。大概一个月之后（这次间隔的时间比之前都长），她在微信问我，你那里还要人吗？我说，要。不知道为什么，我还是没有放弃她，可能是对一个挣扎的人出于本能地伸出手，也可能是因为她曾经千里迢迢来面试过的那分诚意。尽管那个时候，我已经招到了合适的人，不过我想再多一个人也是可以的，但我心里告诉自己，这是最后一次了。跟前面几次一样，这次问完后，除了“一定会说服家里人来北京”又没有了音讯。

至此，我对她失去了最初的耐心。回想最初，她的履历平平，是直接被忽视掉的。我跟随着她的思路走了这么远并非鬼迷心窍，而是她最初的热情打动了我，但经过后来的几次接触，我发现她是无法踏出那关键一步的人，也没有准备好去远方的生活。

5 年前，她 22 岁时，有一个做自己喜欢的事情的机会，她放弃了。现在27岁，这一次，她要是还不走出来，恐怕以后的机会会更少。虽然很多鸡汤文里写，你的人生什么时候开始都不算晚，但早一点开悟和晚一点开悟的人生还是有差别的。并且人年纪越大，越不容易放低身价，很容易标出一个高于自身条件的价码，因为觉得年纪大了，应该享受到这样的待遇了，但人生的经验值不是这样计算的。

那5年小城的稳定生活，对她的选择产生了很大影响。她便按照这样的思维来谈判自己的新工作，比如稳定性，她想把未来几年的路铺好了，甚至要布满鲜花，再踏上去。可是这个广阔的世界，随时都在变化，不止是外界的变化，还有自己内心也会随着眼界的不断开阔而不断产生着新的想法。她为自己争取机会、薪资的精神是很好的，但是争取这些也要有筹码才行，目前看来，她几乎双手空空。

又过了两个多月，当我渐渐忘记这个人的时候，她突然又问我："你那里还招人吗？"这一次我果断拒绝了她。从第一次来面试到现在，中间已经隔了3个多月，什么样的机会会一直在原地等着她呢。

我常常收到一些留言，说自己爱书，很想进入出版业，做跟书有关的事情，然后话题一转——但是没有勇气，所以去做了别的工作。这有什么好纠结的呢？如果你是真正喜欢就应该去做，哪怕是尝试一下，这又不是去赴汤蹈火。很多时候，人们想去享受某件事带来的荣耀，但又不想为此付出。

我不知道她最后选择了什么，但还是会常常想起她。有一天，我读到一句话："上帝从未许你一座玫瑰园。"我们所有人面对的都是一片荒芜，玫瑰是要自己种出来的，玫瑰园是需要自己动手打理的。我很想对这个女孩说这句话，但一想，每个人都有自己的道理。

你在内心安置一个梦想

有一年五一节，表弟从澳大利亚回国举办婚礼，我提前从北京回老家帮忙，去楼下的糖酒店采购婚礼用的喜糖和酒。糖酒店的老板娘 40 多岁，微微发福。她一边给我打包我要的东西，一边跟我聊天，问我在哪里工作？我说在北京。

她一听来了兴趣，说："我很想去首都看看呢。"

我说："欢迎啊，我可以给你当向导。"

可是她说："不行啊，太忙，出不去。"过了一会儿又充满向往地说："等我儿子高中毕业后我再去吧。"

我问："那他什么时候毕业？"

她说："还有两年。"

我便低头不语了。因为我能想到，即便是她儿子高中毕业了，那她也有可能等到儿子大学毕业，然后再等到儿子结婚生子，因为永远都有需要她操持的事情。其实，我家乡所在的城市交通便利，乘高铁四个小时便可到达北京，乘飞机只需一个多小时。而这位老板娘，她的店铺生意兴隆，看上去也不是很缺钱，店里还有几个帮忙的员工，出去玩几天应该也不会耽误生意。

她让我想到网上流传的一个视频，大意是：一群老年人终究受不了年老后被人照顾、又不被家人理解的生活，想到年轻时曾经有想“走遍天下”的勇气，便纷纷走出老人院，带着自己的老伴、带着曾经小伙伴的遗像，骑着大摩托车满世界旅行。具体的情节我忘记了，只记得当摩托车飞驰过小溪之时，溅起的水花在夕阳下折射出美丽的光线。这个视频感动了很多人，在网络上引起人们的疯狂转发，它给很多人出发的勇气。可是我总觉得太悲壮，我想如果我们在年轻的时候就能有走出去的勇气，年老之后，我们的人生是不是可以不用如此悲壮呢？

“等……再……”这是个在日常生活中常常听到的句式，

很多人觉得什么都可以等待，人生大部分时间在等待中度过，仿佛人类是一种可以长生不老的生物，攥着大把的时间供自己挥霍。其实，走出去并不一定是在地理位置上离开原地，而是一种内心的行为。你在内心安置一个梦想，某一天，醒来了，吸引着你做出一些决定，这种决定往往跟离开有关，地理的转移，或者内心摆脱了某种依赖和等待。

我们常常看到的是：有一个人，他喜欢法语，但是不会说，可是逢人便说我在学习法语，说着说着就觉得自己已然有了法国人的高傲，虽然到现在为止，他除了“bonjour”外还是一句法语都不会讲；有一个人，会弹一点钢琴，他说，我将来是要考到 ××× 音乐学院的，说着说着就觉得自己与众不同了，虽然到现在他还是在一家幼儿园给小孩子们上音乐课。

内心的想法一旦苏醒了，它就要求你给它一个合理的回应，如果得不到回应，就会变得滑稽起来。在收藏界有句话，看过即拥有。是给那些爱物却没有足够财力买下的人的一种安慰，想想那些价值连城的古董怎么会被一个人拥有呢。梦想揣的久了，也会给人这样的错觉。

我认识的朋友中，有人为了独自去法国旅行而去找了法语老师认真学习法语；还有人因为上学时学过一篇关于死海的课文，很想亲自体验在海面上漂浮的感觉，于是四处打工，刚毕业就攒够第一笔旅行的费用……有了想法就去做，这句话很迷人，但也很不容易做到。

年底，我接妈妈来北京过年。闲聊的时候，她说，楼下糖酒店的老板娘去世了，是脑溢血。晚上，店里的人都下班了了，她最后锁门的时候晕倒在门口，过了好长时间才被路过的人发现。可惜太晚了，错过了最好的抢救时间。还不到 50 岁，太年轻了……

我听了之后，胸口犹如被什么堵住，我与她并不熟识，说起来就只有几袋糖果和几箱酒的交集。可是，我听到她死去的消息后，一个人在沙发上呆坐了好久。

这个世界上可能只有我知道她还有一个小小的未完成的心愿，听起来这么微不足道，也并非难以实现的小心愿，这没有人在乎，似乎她自己也没有真正在乎过。

要努力活得丰盛

我在比现在年轻的时候，是个安于现状的人，没有外力的刺激不太会做出一些改变生活的事情。

我的第一份工作并不适合我，可是持续做了很长时间，持续的原因可能就是所谓的安稳吧。直到有一天，我在工作的暗室里不小心触电，电流顺着胳膊爬了上去，当我好不容易从触电的地方挣脱下来的时候，手腕、胳膊上的皮肤已经被烧了几个黑点。那以后不久我就辞职了。第二份工作开始觉得还不错，但是它很快成为鸡肋一样的存在，正在辞与不辞的彷徨之际，我在上班的路上出了车祸，车疯狂地冲进路边的深水塘里。在车扎进水塘之前，我眼睁睁地看着司机拔出了方向盘。车毁了，幸好人只受了轻伤，之后不久，我又辞了职。有时候，人总是要经历一些伤痛和生死的考验才会想起改变一下人生。当暗室的门被同事踹开豁然明亮起来的时候，当我从快要灌满水的车厢里爬出来的时候，我都想过，假如这个时候，生命就这样戛然而止了呢？人在徘徊的时候，总会找一些上天暗示的戏码，来加速自己的决定。

所以第二次灾难之后，我就来了北京。

这两个事故就像我人生的分水岭一样，人生进入了“做自己喜欢的事情”的阶段。此后，我对待人生的态度渐渐警惕起来，不被所谓的安稳麻木掉自己，不想再被不喜欢的工作、人以及不想要的生活占据太多时间。我自知不是个聪明人，自己的人生理想也没有多么远大，也从未想过要去过取巧的生活，说到底，也不过是不要违背内心，做自己感兴趣的事情而已。

有次在微博热门话题看到一则新闻：一位公务员每天靠擦桌子来证明自己还活着。看得人心惊胆战，多数人报以同情。我不想再看下去，因为他让我觉得生命如此卑微，不值得一提。我并不鄙视任何一个工作，即便是一个无聊到死的工作，如果当事人觉得乐在其中，那也是有意义的。但是已经到了这种地步为什么不换种姿势生活呢？他让我想到一个做着不喜欢的工作的朋友，每隔一段时间便找我大倒苦水，说每日都要看领导脸色、要想升职要等个十年八年的、说自己想要放弃这种生活出来闯荡一番。有一次，他狠狠地说："下个月15号以后我一定要辞职，谁也不能拦我。"可是15号之后却没有了动静。再过一阵子，他便又出来抱怨一番说这次一定要辞职，我想了一下，从第一次他开始说要辞职到最近一次，已经过去5年了。这5年间他就这样一边周而复始地下着决心，一边过着一成不变的日子，"辞职"仿佛成了他的口号，他从来没有行动过。当然"辞职不是万能的"，他想要的是一次"改变"。

我来到北京，开始做自己喜欢的事情。人做自己喜欢的事情就会全身心地投入其中，喜怒哀乐都会被牵制，有时候，受到一些挫折后，也会怀疑自己的选择是否正确。

我们幼稚的时候，也曾经幻想一种终极生活方式：比如口袋里有花不完的钱，过一种可以什么也不用做的生活。当你渐渐成熟，会发现，当你做着自己喜欢的事情，并且能依靠这件事情赚到足够的钱的时候，才是最幸福的。生活中不断出现小麻烦，然后去解决，每努力一点就会发现生活变美好一点。当我们试图努力掌控自己的生活时，才会发现，生活可不是那么容易掌控的，我们都像是刚学习游泳就被推下水的小孩，在没有学会生活之前被推向生活。

我们常常觉得当下的自己不够自由，所以才期待有天堂和来世，希望能在那个地方挣脱束缚，完成现在所不能完成的事情。人是矛盾的动物，不敢相信自己靠自己能生活得更好一些，却放心把人生交给别人以求安全，在纠结中失去了一分一秒的时间。人们总说时间会改变一切，但实际上你自己必须去改变一切，时间只会把我们对事物的感觉稀释变淡，变得习以为常。

世上所有的道理，不是智障的人都懂，可是真要做起来，却不是那么容易。有些人能清楚地听到自己内心深处的声音，并以此行事。这些幸运的生命探索者，定会在某一天的某一个特别时刻，亲自感受到生命的奇妙境界。

黄碧云说："如果有天我们湮没在人潮中，庸碌一生，那是因为我们自己没有努力要活得丰盛。"

相信你当下的智慧

“相信你当下的智慧。”这是我的朋友——中央人民广播电台的主持人代代跟我说的一句话。

我是一个很容易紧张的人，我的第一本书《林徽因传：人生从来都靠自己成全》出版后，常常收到一些邀约，请我去做分享会，比如去电台做广播节目、去书店与读者面对面分享。每次我都会很紧张，最初的几次邀请我都推掉了，并非我高冷，实在是因为过于紧张。我在写作的时候很从容，但是现场的分享就没办法像写的那样顺畅。但是随着邀约的增多，我心里隐约觉得这样不行，在这个“酒香也怕巷子深”的年代，我得突破一下自己。于是硬着头皮上了一两次电台节目，也在书店做了一两次跟读者的面对面交流，但那种感觉就像硬是把一只迷恋沙发底的猫拽着腿拖出来一般，每一次活动结束，我都不想回顾，因为我觉得自己表现得太差了。尽管每次出书，我都心怀喜悦，写作是我非常热爱的事情，但是到了宣传的阶段，我都无法享受那个过程，甚至每次在定下日期之后，我就开始焦虑，一直到活动结束，整个人才恢复正常。

《三毛传：你松开手，我便落入茫茫宇宙》出版的时候，我又收到中央广播电台的邀约，去节目上谈这本书的创作过程。照之前为数不多的例子，我准备了厚厚的一沓资料，打算在节目上用故作轻松的语气回答（念）主持人的问题。一般，去电台上节目是在跟主持人不太熟悉的前提下完成的，在节目开始前并未有做过多的沟通，但因为不是现场面对读者，这样倒也能“蒙混过关”。那天，到了电台之后，我拿出书和几页打印稿在直播间外候场，代代看到后大吃一惊，说：“亲爱的，你上我的节目不要用稿子。”我告诉她，我会紧张，直播就会更加紧张了，到时候大脑就会一片空白。她说：“你放心吧，有我在，相信我。”她很耐心地说服我放下手中准备的资料，我看她那么自信，语气那么肯定，就按照她说的做了。那次直播完后，虽然有一些不完美，但是至少我敢于扔掉稿子在直播节目上与主持人对谈了，并且我发现，效果比我“念”的好，面对主持人的问题时，我会突然迸发出一些稿子上没有的新想法。再加上她是专业的主持人，每次在我快要词穷的时候，她都会托住我。

下了节目之后，我们成为朋友，有时候会约出来聊天，我会跟她谈到我的困惑。我告诉她，我内心的隐疾是我在此方面不是专业的，总觉得表现不好是因为有一些自己不知道的技巧，也许我需要去找个专业的老师学习一阵子，才能应付得来。但她对我说：“你没有问题，也不是技巧的问题，你只是紧张和不自信。”然后，她说：“你要相信你当下的智慧。”我悲观地想，那万一到时候我的智慧扔下我不管呢？

这次聊天后，大概过了一个月，我收到湖南的德思勤书店和当当书店的邀约，对方希望我在两天内做两场活动。书店请来的对谈嘉宾兼主持人是我不熟悉的人，只知道他是当地一个读书会的发起人，但不是专业的主持人，于是我又开始了“活动焦虑症”。尽管我提前一天到了湖南，但只和嘉宾老师在晚饭的时候聊了一下第二天的活动。他觉得我已经出版了两本书，也做过现场的分享，不会有什么问题的，我表面淡定，但心里是不安的。不过，当我知道他做了很多功课——他把我的书仔细读了一遍，并且做了很多笔记。我的心微微放松了一点。我也知道这种现场的活动，想临时准备也来不及了，就大着胆子说，就临场发挥好了。那时我心里的支撑点就只有这句“相信你当下的智慧”了。就像被派下山去拯救村民的熊猫阿宝，所学的武功还没有操练，只记住了师父一句听起来很玄的话，就直接去面对敌人了。第二天，我甚至连主持人要谈什么话题都没有了解太多，就开始了分享会。但那次，除了开场有点紧张之外，往后越来越顺利，甚至到了中间环节，我在回答某个问题的时候，大家还鼓起了掌。分享的阶段结束后，大家纷纷站起来提问，气氛非常好。我之前的分享会，可从来没有过这样的时刻。

活动结束后，我很兴奋，给代代发短信说：“那句话救了我。”是的，它搬走了压在我心头多年的某块石头。我也更深入地了解了这句话的意思：如果你是真诚的，你专注地顺着自己的思路往前走的时候，你当下的智慧就会在你讲话之前迸发出来，在前面等着你给你支持，把你想表达的内容传递给大脑，给你源源不断地运送灵感。

我一直觉得自己是个笨拙的人，很多道理往往比别人领悟得慢。但是这一句话，让我在一个很短的时间里，从只认识它的字面意思到学以致用，这种奇妙的长进让我感到欣喜。

我们正处在一个不多说几个 0 就活不下去的时代

前年，我去西贡（胡志明市）小住了半个月。

那个城市既国际化又风情，人们性格温和，物价也很低，住得很舒坦，唯一令我崩溃的就是付钱的时刻。越南的钱币面值都很大，从 100、200 到 100000、200000、500000 都是日常用到的。人民币对越南盾的汇率大约是 1: 3500 上下浮动，每次付钱时，我就会觉得自己弱智了，总要眯着眼数一下数字后面拖着几个 0，每次付钱，都要看半天才知道把哪几张钱组合在一起付出去，即便这样也常常出错。

有一次，我叫了个 Uber 回酒店，司机很快接单，但等了半天迟迟不来。期间我接了他打来的电话，我们只听懂了对方的“哈啰”之后，就无法沟通了，我问他能听懂一点点英语吗？他就迅速地挂掉电话果断结束这一单。我又叫了第二个，很快，我就看到那辆车从主路开过来，但到了我面前也没有停，而是迅速地向前开去，过了一会儿，我看到他从我前面又开过去一次。我想不会是定位错了吧？我查看手机，果然，手机把我的位置定在一个湖的中央。怪不得第一个司机果断结单了呢，他是不是觉得一个自杀的人站在湖中央等着被救援呢？我迅速下载了越南语翻译软件，又把身后的一家店铺门牌地址发了过去，告诉他我穿了蓝色的外套，拉一只蓝色旅行箱，司机才找到我。因为是深夜，司机好像对路况也不是很明了，错过了一个右转的路口之后，又开了好几公里才调头。经过千辛万苦，总算到了酒店。最后他还是只收了打车软件预估的费用。回到酒店后，我莫名又瞄了一眼打车软件，才发现我少付了他 200 盾。我忽然想起他收钱时欲言又止的眼神了，原来是这样。可能因为语言不通，他也没有继续要求我再多支付 200 盾。这一单他开了不少冤枉路，最后又少付了他钱，让我心里非常不安。但我一换算成人民币后发现只有 6 分钱的时候，心里又稍稍获得一点安慰。

又一次，我在范五老街边吃河粉，吃完给钱的时候，应该给老板娘 500000 盾让她找零，但我少看了一个 0，给了她一张 50000 盾的，这次，这个老板娘会讲英语，“More”。她一边耷拉下脸来蹦出这个单词一边朝我伸出手，显然很不高兴，好像我是故意的。

后来，不管在咖啡店还是在超市，买东西付钱的时候，我就把我手里的钱摊开，让对方自己去选。虽然看起来很傻，但至少不会浪费后面排队人的时间。

凡此种种。

这么多 0 生活起来真是太不方便了，当地人早已习惯了，但对突然进入到这种生活又对数字太不敏感的我来说，太难了，看到一堆 0 后脑子瞬间慌乱了。回到北京后，重新用回最大面值 100 块的钱，感觉智力又回归正常水平了。

回来后，跟一个久未见面的朋友聊及此事，这两年，他从图书出版圈转去影视圈工作，主要业务是做影视版权的交易。他听后哈哈大笑，吐槽道：“我早已习惯了有很多0的生活了，我现在在的这个圈子，太能吹了，为了出售影视版权，为了能够立项拍摄，销售数量都是瞎报，好多只卖了一两万本的书都跑来冒充超级IP，都敢在给资方的PPT上写销售了100万册、200万册。”

他这么一说，我想到不久前，跟一个圈内人聊天——他是一家中型图书公司的CEO，聊及他所在的公司状况，他说，老板正在跟多方接触，打算卖掉目前的公司，前阵子有财团出2亿，但是他觉得太少，没有卖，还在等更好机会。他虽然占据的股份不多，但那个公司成立时间不长，股东也不多，按照2亿来算的话，卖掉后，他所占的股份所得也可以让他从此财务自由了。末了，他说，接下来想做一些自己真正喜欢的事情了。

但很快，那次见面后不久，没有超过5个月，这家公司因为资金断层，迅速倒闭，公司所有人员仓皇撤离。再后来，听另一个内部人说，当初在公司发展还没到最差的时候，有财团愿意出 2000 万买下。

“等等，不是 2 亿吗？”我问。

“2 亿？怎么可能？如果 2 亿的话，早就卖掉了，也不会一直拖到倒闭啊。”

我想起在西贡的时候，虽然每次付钱时都为那些 0 很闹心，但有次我在商场买了一双人民币 500 块的凉鞋，打出来的价签是 1750000。从数字来说，那大概是我买的最“贵”的一双鞋了，看到那么多 0，忽然没来由地生出一点虚荣心。大概那个 CEO 跟我讲述的时候，也是这份虚荣在作祟吧。

一旦你开始关注了一件事情，它就会入侵到你的生活跟你产生关系。在你关注的那一刻，你就把它唤醒了。

前几天，我的公司打算和一个微信公众大号合作推广一位作家的新书，对方问起首印量，公司营销编辑如实告诉了她印量。

对方的反应是：“啊？这么低哦，那我们怎么合作？”

其实，那本书是公司的重点书，那个首次印刷数已经是很高了，甚至跟出版行业最顶尖的几家公司比，印数都算是高的。

听到营销编辑转述过来对方的反应，我心里咯噔一声，瞬间觉得心好累，一边想着“那些跟她合作成功的公司给她报数的时候，不知道都加了几个0”，一边叹一口长气让身体顺着椅背慢慢滑了下来。

伍迪·艾伦电影里的两个女人

伍迪·艾伦的电影《蓝色茉莉》讲了这样一个故事：

一个出身卑微的女孩，在大学期间结识了一位曼哈顿商业名流，她于是放弃学业，嫁给了他，从此跻身于上流社会。她把自己原先普通的名字“珍妮特”改成了“茉莉”，以配得上她的高贵身份。有那么几年，她仿佛是个拥有了一切的女人：纽约富人区的豪宅、海边的度假别墅、爱她的丈夫、刻着她名字的各种奢侈品牌的包包、珠宝……有次，在她生日之前，丈夫问她：“你希望收到什么生日礼物？还有什么是你想要但是还没有得到的东西吗？”躺在豪华浴缸里的她，茫然地摇了摇头。是的，她什么都不缺。

但实际上，过了爱情的新鲜期后，表面上爱着她的丈夫，却是个四处偷腥的男人。她身边所有朋友都知道，除了她，或许她也或多或少知道一点，但她屈从于物质带来的满足感，假装什么都未发生过，心里自动屏蔽了这些信息。直到有一天，丈夫回来跟她摊牌，承认自己爱上一位来自法国的年轻女佣，并告诉她，这次同之前不同，这一次是“认真的爱上了”，并且要与她离婚。她崩溃了，本来内心就不十分强大的她，在丈夫前脚离开家后，便愤怒地拿起电话举报他的公司涉嫌诈骗，以此作为报复。丈夫走在大街上就被警察带走，她随之跟着破产。一夜之间，她的奢华城堡轰然倒塌，她被赶出豪宅，走投无路之际，不得不去旧金山投靠平民阶层的妹妹。

在旧金山，什么也没有做过、什么也不会的她，却不肯放下身段去过普通人的生活。她身无分文，但又看不上普通的工作，也看不起平民妹妹的生活方式。她想到一个捷径——男人。她想通过男人再次翻身，在一次聚会上，她认识了一位年轻的外交官，她身上仅存的香奈儿外套成了她结识新贵的最后筹码，当她知道外交官的妻子已去世两年的时候，便打起精神与其聊天，两人相谈甚欢，当然，她撒了不少谎。他很快被她吸引，并打算娶她，她落魄的生活眼看就要结束了。但她的谎言、窘境很快就被撞破，两人一拍两散，外交官把她丢在大街上独自开车离去。她终究没有翻身成功，而是成为一个一贫如洗、神经兮兮的女人。

电影的后半截，我一直担心她会自杀，在她身无分文需要去鞋店当导购员的时候、在她得知丈夫在狱中自杀的时候、在她当牙医助理被对方性骚扰从诊所逃出来的时候、在被她的妹夫在外交官面前拆穿窘况的时候、在与一直支持她的妹妹吵了一架走进淋浴间的时候……我都担心下一个就是她自杀的镜头。她可能会冲向疾驰的卡车，因为卡车就从精神恍惚的她旁边疾驰而过；或者在浴缸中割断手腕的血管，因为她走进浴室前脸上布满疲惫和绝望。但到最后她都在碎碎念着。这世上有比死亡更可怕的结局——悲惨地活着。在电影的结尾，精神已经崩溃的她，坐在路边的长椅上自言自语、哆哆嗦嗦地对着空气回忆着自己往昔奢华的生活——一支宴会的曲子和一条迪奥小黑裙。

如果茉莉是虚荣女人的典范，那么《摩天轮》中的金妮就是蠢傻女人的标本。

金妮年轻时曾演过莎士比亚的戏剧，是一个有着文艺之心的女人，她的梦想是成为被万人瞩目的明星。但电影中，她出场时，身上丝毫看不出这些痕迹，她只是一个在海边游乐场的牡蛎餐厅里上菜的女服务员——穿着鲜艳的工作服，一刻不停地忙碌着，眉头间锁着生活的不如意，那些年轻时的高光时刻都掩蔽在了粗俗食客肥胖的阴影里。

她有一个二婚的丈夫和一个与前夫所生的儿子，这个男人是她人生下坠时遇到的，他像一张不那么牢靠的救生网，虽然不舒适，至少托住了她，但她也从此被困在里面了。他没钱、肥胖、粗俗、不解风情，吃饭时赤手抓着塑料餐盘里的蔬菜塞进嘴巴里，心情好的时候对她还不错，但喝醉酒就会向她挥拳头，一家人住在嘈杂的游乐场旁边的简易屋里，他最大的乐趣就是跟他的几个傻哥们儿去钓鱼。她的儿子四处放火，不停为她惹麻烦。这样的生活让金妮感到绝望，她想到了死。在一个下着雨的傍晚，她一个人走到海滩想要自杀，遇到了在海滩浴场当救生员的年轻男人，他把她劝上岸，并请她去酒馆陪她说话，开导她。他很年轻，身材匀称，阅历丰富，自称参加过二战，上过纽约大学，也去四处旅行过；他号称自己是作家，将来会写出一部伟大的作品。她终于有机会聊她以前在舞台上表演的那些往事了，他也很乐意听，这些话是她在家里没有机会说出口的。在她丈夫看来那些都是引诱她的魔鬼，她就应该过着现在的生活，不应该有什么别的想法，他认定了她的一辈子就属于他和那个破餐馆。于是她和救生员成了秘密情人。她幻想能与他私奔、结婚，期待他能写一本跟她有关的书。但年轻男子的心总是飘忽不定的，他对金妮的继女卡罗莱娜动了心，那是个年轻貌美且经历丰富的女孩，她嫁给黑帮的男人，却因跟警方合作被黑帮丈夫追杀，不得不逃到生父这里避难，救生员被她深深吸引。而这边，金妮越陷越深，她不停地找他确认自己在他心中的地位，她甚至偷走丈夫仅有的几百美金为情人买一只怀表。她的热烈和失控，让情人退却了，准备找一个适当的机会与她结束关系。

这么多年来，这是她唯一一次被什么东西唤醒心里埋藏已久的情感——却遇到了不牢靠的男人，她试图去改变命运，但却失败了，那道光束转瞬即逝。当情人离她而去后，她变得神经兮兮。失去爱情的金妮像失去金钱的茉莉一样，处在精神崩溃的边缘。她在家中换上往昔的戏服，浓妆艳抹，头上别一朵红花，坐在沙发上抽烟，神情恍恍惚惚。当她的丈夫对她的奇怪举动感到担心时（他自始至终没有发现金妮的恋情），她茫然地对着外面的摩天轮自语："我要去洗我的工作服了。"那一刻，她彻底认命了。

一直以来，我都认为伍迪·艾伦是个不会让人过于悲伤的导演，他的主角们总是絮絮叨叨地表达着两性、婚姻的观点，虽然有一些观点也许有违道德，但也不至于让人过于悲伤。但这两个电影，却让我揪着心看完了，大概是它太接近当下女人的命运了，像一个预言。难道他想告诉大家，假如你年轻时有什么梦想没有实现，那么，老了就该放手，让自己习惯平凡的生活？这两个电影像是对女人的一个警告，让人心惊不已。他给了虚荣、愚蠢的女人一场现世报，给了她们美梦，又让其破灭。伍迪·艾伦对年轻女子格外仁慈，她们什么都不用付出，就能轻易俘获男人的心，获得自己想要的生活，卡罗莱娜是金妮向往的生活。伍迪·艾伦似乎对上了年纪的女人总是很不友好，其实不止是伍迪·艾伦，生活对上了年纪的女人也总是不怀好意，她们要一边对抗现实，一边对抗命运。

一个人的危机，总是不可避免地与失去金钱和爱情有关。不管你出身华丽或者卑微，不管你在人生路上遇到了多么爱你的完美情人，太多自身之外的东西，都不那么容易控制。丰厚的家业会突然破产，完美的情人也会突然爱上别人。如果你在20岁的时候，没有受到20岁时应该受的苦，那么命运会在随后的日子里补上，人的一生所要经历的种种悲伤、低落、痛苦的情绪，几乎无人可以侥幸逃开。命运总是布满陷坑，稍一放松就会落入其中，你总需时时提防，让自己不要掉进去，或者掉进去，还有爬出来的能力。女人常常会把自己的前途，全盘压在一个男人身上。

无论茉莉还是金妮，她们都曾有过高光的时刻，茉莉虽然出身卑微，但她也曾经考上过著名的布朗大学，金妮也曾在舞台上表演着她喜爱的角色，如果她们沿着当初的轨迹走下去，人生定会是另一番景象，但她们轻易地放弃了自己所拥有的舞台和能力，把自己全盘托付给男人，那种卸下担子把一切交给别人的感觉，也许在某一瞬间是放松的，如释重负的，但也因此拥有了这世上最摇摇欲坠的命运。人不管走到哪一步，还是要靠自己成全自己。

这两个故事让我想到人生“关键时刻”的说法。每个人的一生都有那么一两个“关键时刻”，关键时刻做出的选择决定着你是进阶，还是下坠。在这个“关键时刻”做出正确选择的人，会像超级玛丽一样，迅速跳上即将消失的浮板，站在安全岛上，而不幸的就会一直沉下去。

一生都在工作的老太太

草间弥生 1929 年出生在日本长野县松本市一个保守的资产阶级家庭，家族一百年以来都以经营采种场为生，家境富足。她是家里最小的孩子。

10 岁时，草间弥生便被幻觉、幻听所困扰。这种在医学上被称为“人格解体神经症”的精神类疾病伴随了她的一生。她常常会看到河边的鹅卵石向她袭来，看到远处的山突然金光闪闪，听到狗用人类的语言对她喊叫，看到紫罗兰长着人的脸，还张开嘴巴同她说话……每次她都气喘吁吁跑回家，把这一切画下来。这只是开端，有时候，她觉得自己的灵魂离开躯体，被幽暗森林里的湖水吸引，被引领着走进池中溺毙，“我的人生就这样被迫漂流在生死之间”。每次往返现实与虚幻之间后，她都会大病一场，醒来便用画画来抵抗内心的恐惧。

草间弥生的母亲茂，是个脾气火爆的女人，父亲草间嘉门则是个风流浪荡的人。家族虽然经常资助贫困的画家，但是当母亲知道草间弥生的志向是画画的时候，却大发雷霆，百般阻挠，甚至毁坏她的画作。

让她大发雷霆的不只是“草间弥生要当画家”这件事，还有草间四处偷腥的父亲。年幼时的草间弥生常常奉母亲之命跟踪去与情人约会的父亲，但很快就会被父亲甩掉。回去后，一无所获的她就会被母亲责骂出气。这个一生都情人不断的父亲却是家里唯一支持她梦想的人，他瞒着草间弥生的母亲偷偷给她买颜料和纸。

草间弥生的家乡松本市四周被飞驒山脉包围，太阳很早就落山，小时候的她就萌生了想要看看外面世界的心愿。长大后，她去京都学画，但却不喜欢艺术学校呆板的灌输，常常躲起来创作自己的作品。当时的日本正值战后初期，思想封闭，女性的社会地位低下，尽管当时，草间弥生在松本和东京已经举办过画展，并小有名气，但仍为当时社会环境和艺术环境的束缚倍感痛苦。有一天，草间弥生在书店看到美国画家乔治亚·欧姬芙（Georgia O'Keeffe）的画册，于是想方设法找到她的通讯地址写了一封信，连同14幅水彩画稿一起寄给她，没想到十几天之后便收到欧姬芙的回信。后来，在草间弥生艰难的纽约生活时期，欧姬芙从隐居的新墨西哥州出发，乘八个小时的飞机去看她，并将自己专属的经纪人介绍给她。欧姬芙是她一生中最敬重的恩人。

少女时期的草间弥生每天都在画画，作品多到堆至天花板。但这个时期创作的部分作品在她从日本出发去美国前，被她烧掉了很多，因为她自信到了美国后，会创作出更好的作品。后来，她提及此事，说到当初被她烧掉的画作，现在看来是烧掉了几个亿。她从不避讳对金钱和名声的热爱。

1957年，几经周折后，28岁的草间弥生带着三百套和服和一百万日元去了美国的西雅图。美国自由开放的环境激发了她的灵感，很多年以后，她提到美国，说："如果我没有去美国的话，我就不会是今天的草间弥生。”

在西雅图，她很快被接纳，画作顺利卖出，又成功举办了画展。如果一直在西雅图待着，便不用受接下来所受的苦，但是她觉得纽约才是她要去的地方。“我乘坐的飞机被大雨搅得七上八下，经过落基山脉上空，飞跃欧姬芙盛情款待过我的新墨西哥州，最后，好不容易在纽约机场降落，真的是捡回一条命。”就这样来到了纽约，但当时的纽约通货膨胀，物价上涨，她也很快就捉襟见肘。

她常常带着自己的画在各个画廊间穿梭，但由于不懂英语，想卖掉一张画异常困难；租住的公寓里没有暖气，她半夜被冻醒，就起床一直画画到天亮；去街边的垃圾箱中拾鱼头和烂菜叶，熬一锅热汤充饥……有时候她连续两天滴水未进，空着肚子画画。她的朋友去看她，看她在巨大的黑色画布上不断重复地画着白色的网，便问：“弥生，你没事吧？你确定你没事吧？”她曾经背着这幅画去参展，被拒绝，又背着它独自走回住处。在巨大的压力下，她少年时的幻听、幻觉又出现了，她屡次放下画笔，给精神病医院打电话求助。

她曾经写过一部叫《中央公园的毛地黄》的小说，里面写了一个日本女孩在纽约孤独潦倒、身无分文的生活，就带着自己的影子。

几经周折，一年后，这幅《无限的网》，终于在纽约的布拉塔画廊展出，并引起轰动。《纽约时报》评论这幅作品“拥有惊人的力量”，并且“令人感到迷惑”。

在她到达纽约的第二年，纽约接纳了她。就像这座城市的口号一样：If you can make it here，you can make it anywhere.（此处功成，处处成功。）

在她的前半生，20 世纪 60 年代应该是她最活跃的时期。除了画画，她还做了很多其他艺术。

1966 年，她带着她的装置艺术品 *Narcissus Garden*（《那希索斯花园》）参加第 33 届威尼斯双年展，这是一个由 1500 颗镜面球组成的艺术装置。很多媒体说草间弥生在没有得到任何邀约的情况下，固执地把自己的装置艺术作品摆在会场门口。她后来澄清了“没有受到邀约”这件事情，当时虽然没有获得正式的邀请函，但是得到了组委会主席的首肯，并亲自与她一起在草坪上布置作品。只是在展览开始后，她穿着金色和服站在这些亮晶晶的镜面球中间，将它们以每颗两美元的价格卖给前来参观的人，遭到了展览方的禁止。他们不能接受这种“将艺术当热狗和冰激凌一样贩卖的行径”，而草间说她此举恰恰是为了讽刺“将艺术当热狗和冰激凌一样贩卖的行径”。

20 世纪 60 年代是美国性解放时期，她在纽约创建了“裸体剧场”，希望以裸体艺术的形式解放当时人们压抑的性观念。她因此受到嬉皮士的拥护，身边聚集了很多嬉皮士和同性恋者。他们混居在她的工作室，最多时有三百多人。她带领他们在街头、公园、美术馆进行大胆的裸体演出，吸引着各路电视台记者、艺术评论家和警察的到来。

纽约的媒体喜欢这个矮小的东方女艺术家，嬉皮士们也喜欢她，警察却不，因为她的每次演出都会触犯当地第十到第十五条法律法规，他们驱散聚集的人群，把她抓进监狱。有时候也会出现这样的场景：有一次，在草间弥生被拘留期间，有位警察带了一个他的朋友去监狱，说："我的朋友很喜欢你，想来跟你握手。"

她在纽约的行为传回日本，被日本的媒体称为国家之耻。人们认定草间弥生是个性混乱者，甚至有日本人专门跑去纽约，砸烂了她工作室的玻璃窗。但实际情况恰恰相反，她的装置艺术中大量出现男性器官却是因为她对此怀有恐惧。她在年少时多次不小心看到长辈亲热，由此留下了心理阴影。她抗拒恐惧的方式就是，一直让她恐惧的东西出现在眼前，她做了无数男性器官的软雕塑，直至对此习以为常。甚至，她本人对性事也很冷淡，她与美国艺术家约瑟夫·康奈尔有一段柏拉图式的恋情。有一次，他们几天没有见面，约瑟夫·康奈尔请她去见他："我一出现，约瑟夫·康奈尔就喜极而泣，挽着我到他房间的沙发上把我压倒。然后我们就一如既往，褪下衣服，互相写生。"

草间弥生在 20 世纪 70 年代回到日本，本来以为只是回去探访一下，甚至连纽约的房子都未处理，可是越来越频发的精神问题让她不得不住进日本的疗养院。当有一天她意识到自己要长期住下来的时候，便在疗养院对面“花了人生最大一笔钱”买下了一栋楼作为工作室。

1975年，她出版了第一本小说《曼哈顿自杀未遂惯行犯》，接下来的十年间，她除了画画，还出版了十多部小说和诗集。此前因为日本媒体的报道，草间弥生与在日本的家人关系变得紧张，她的母亲甚至给她写过这样的信：“每次在媒体上看到你的事，我都觉得很丢脸，不知该如何面对邻居，我觉得愧对祖先，今天还跑去上坟。你小时候因为喉咙生病差点死掉，那时如果就那样死掉的话……”所以她讨厌当时的日本媒体，用恶劣的词语形容它们，那时日本也不认可她的艺术，直到她回到日本的十多年后，日本国家及其艺术界才真正以她为荣，并首次请她代表日本去参加1993年的第45届威尼斯双年展。她位于东京新宿区神乐坂附近的个人美术馆也已经建好。

从她 5 岁拿起画笔开始，她一生中，活着的每一个日子，都与画画有关。画画是她与世界沟通的方式，也是自我疗愈的方式。她的躯体正在老去，内心里却依然住着那个渴望成为艺术家的小女孩。

“我知道自己时日不多，所以我每天都要作画。”

“从以前到现在，我要用尽我生命中最后的力量带着更多的敬畏之心继续创作。”她在纪录片中，絮絮叨叨地说着。

2012 年，83 岁的草间弥生迎来生命中最重要的一个展览——伦敦泰特现代美术馆（Tate Modern）的回顾展，那是每个艺术家一生都盼望能登上一次的舞台；同样是在 2012 年这年，因为与路易威登的合作，她开始涉足时尚，当她到达路易威登公司的时候，公司员工全体出动，热烈欢迎她的到来；2014 年，她的作品《无限的网》在香港佳士得以 1500 万港币的高价拍出；2015 年，她的“梦我所梦：草间弥生亚洲巡回展”台湾站在中国台湾顺利举办……她的个人网站，每隔一段时间就会更新在世界各地举办作品展的消息。

86 岁那年，草间弥生每天仍然要在工作室工作八九个小时，她说停下来就会感到头疼，“要一直画到累死为止”。她不用手机，不用电脑，这样的生活持续了三十多年，她说：“我独立完成所有工作，没有助手。一生中，我对一切艰难工作亲力亲为。”

她的人生，画画、软雕塑、装置艺术、行为艺术、写书、拍电影、时尚设计……排列得密密麻麻，没有缝隙。她像是地球上一棵特殊的植物，立于山野之间，吸收着大自然的精华，又源源不断地释放出强大的能量，将每一个靠近她的人包裹住。她一直在艺术中强调“自我消融”——“忘记你自己，成为永恒的一部分，成为环境的一部分”。她像一颗“超体”，穿越现实与梦幻之间，把普通人看不到的景象，用她的方式表达出来，即便死去，也是永恒存在的，就像她的波点艺术要表达的那样：爱是无限（Love Forever）。

PART TWO

Little Things

美好就是跳跳糖在舌尖上
噼里噼里爆破的感觉

生命中一些微小而美妙的事情

在你无聊或抑郁的时刻，看看下面哪些是适合你的，

有些事应该现在就去做。

1 买一部车，一直开下去，直到没有地方可以去。

你知道，我爱的不是车本身，而是车带给我的自由生活。

2 给自己一杯茶的时间。

与茶相伴，时间会恢复到它原本的节奏。

3 你爱的人也爱着你。

不管你是弧度多么奇怪的弧线，你都能找到与你匹配的另一段。

在遇到之前，只需安静等待，无需扭曲自己。

上帝与爱人，都爱你本来的样子。

4 换上比基尼在阳台上晒太阳。

没有假日，我们就自己制造。

生活和爱人，
都爱你本来的样子

生活就是
逢山开路
遇水架桥

5 养一棵植物，看它渐渐茂盛起来。

植物是不会说话的朋友。

6 站在大街上，听街边的店放完一首很喜欢的歌。

似乎现在的店铺都不能外放了，

这已是一件有年代感的事情了。

7 有一天，你走在路上，有一片树叶无意中落下，

掉在你的肩膀上。

你似乎被宇宙深处的什么选中了。

8 去小说中的城市旅行。

从未出现在小说里的城市，不值得去。

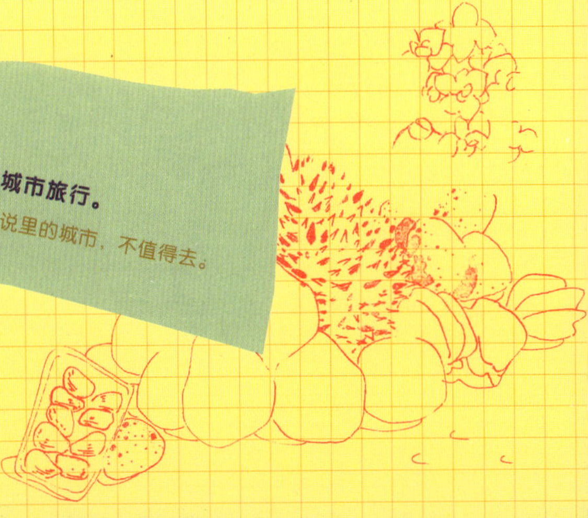

9 脱下鞋，在小石头路上走路。

就当是在城市里的一点小放纵。

10 美好生活离不开一架宝丽来。

将瞬间的美好封进琥珀。

11 偶尔往嘴巴里扔一颗糖。

来中和这世界的苦。

12 喝点酒，什么都好了。

你不必时刻保持清醒。

13

像谢耳朵那样有个雷打不动的电影之夜。

看电影就像为大脑换一池清水

14

一次心血来潮的旅行。

就像学生时期每个周五放学时冲出教室一样，冲出办公室直奔机场；就像陈绮贞的歌名一样《我们连觉也没睡决定连夜赶去拜访艾立克克莱普顿》。

15

糖水罐头

直到现在，在物质充裕的今天，能吃上一罐糖水罐头，仍然是件令人开心的事情。

停下来，欣赏一棵树

这一年，北京的冬天特别漫长。

为秋天准备的薄风衣还未登场，天空便开始飘雪，路边的大树还没有来得及掉光叶子，便被白雪覆盖。随着寒流一起来的是一位歌星的去世的消息，在一个下完大雪的早晨，她纵身跳下 20 楼。那几日，报纸的大版面、网络的头条铺天盖地都是这位歌星的生前往事、恩怨情仇、遗产、官司、家人与夫家对骂的新闻……外面，化了雪又结冰的街道又滑又肮脏，寒风刺骨，每日又要顶着寒冷挤公交、地铁去公司，恶劣的天气使本来就不准时的公交车更加不可预估，出租车也迟迟等不来一辆，让本来就惧怕冬天的我觉得整个世界都糟透了。

当你希望时间快些向前走的时候，它偏偏过得很慢，

1 月份过了阳历新年，2 月份过了农历新年，温度丝毫不见上升，3 月份紧接而来的倒春寒让人几乎忘记这个城市温暖时的样子。虽然北方的暖气开得很足，可每次想要去室外做点什么事情都需要做很久的心理建设，才能鼓足勇气硬着头皮走出去。每日穿着长到脚踝的羽绒服像蜗牛般负重走路，赶到公司时人已冻至僵硬，就这样，每日在公司工作着，却写不出一句精彩的文案。周六日也不敢出门，只能窝在家里上网、看电影，度过一个又一个寒冷的日子，直至对外面的世界有些麻木。

有一日，下班回家，我走在每日必经的路口，一个不经意的抬头，忽然发现，不知何时，路口那棵光秃秃的树，冒出了新鲜的枝丫。淡绿中泛黄的枝丫配着黑色的老树干看起来像一幅美妙的画，在见到它的那一刻，我周身忽然升腾起一股小小的暖意，因为惧怕寒冷而紧缩了一个冬天的骨骼仿佛被打开了。我这才猛然发现，外面其实已经没有那么冷了。要不是看到这点绿色，我还身处在被寒冷压迫的惯性中。不过，要不是被这漫长的冬天压迫，我可能会一直忽视这棵树的存在，更不会停下来好好欣赏它。这次它先于其他树，一马当先地带来了春天的消息。在接下来的几日，我每次走到这棵大树下，都在心里默默祈盼着，希望它快点长出更茂盛的枝叶，快点把这个城市最后的寒冷驱散。也许是听到了我在心里的祈盼和赞美，每一天，树叶都有不同的变化，就像有个画家每天趁着夜深人静来描画几笔，给它添加一些叶子，直到它们慢慢在树冠展开，像一只绿色的孔雀栖上枝头。而寒冷，也随着孔雀的开屏而无影无踪了。

时间和灵感又开始涌动。

树给我的感动不止这一次，只是在大城市里生活太久了，敏锐的神经在喧嚣中变得麻木起来。

很小的时候，外婆家有一片大果园，在半山腰。我常常去那里玩耍，那里面种了很多苹果树、梨树，还有零星的柿子树、枣树，我童年的大半乐趣都在那里面了。春天，漫山遍野一片粉白，美得触目惊心，这个时候，我们常常会请照相馆的师傅来给全家人拍照；夏天，晌午时，外公会和好面筋，带着一群小孩去捉蝉，晚上则拿把手电筒去找知了猴；到了秋天，果实成熟了，外公就会用一根很长的竹竿把挂在高树上的枣、柿子敲下来给我吃。

外公是个顽童，有时候，还会在树上掏到鸟窝。我不在的时候，他如果摸到鸟蛋，也会给我留着，等我下次去的时候，神神秘秘地把我拉到一边，偷偷塞给我。

有一次，他还捉到过一只幼鹰。刚好那段时间我好久都没有去果园，他把小鹰养了很长一段时间。直到我去了果园，亲眼看到那只小鹰，他才把鹰放飞。

苹果树是那片果园里最主要的树种。苹果丰收的时候是最忙碌的时候，工人们要在短时间内把摘下来的苹果按照大小分成不同的等级，装进不同的箱子。因此，大家晚上通常要劳作到很晚，一直等到守夜的人来了才能下山。有时候，我陪外公外婆从山上走下来已到后半夜。我们一边走，一边能听到远处寂静的山谷中传来动物的叫声，一路上还有萤火虫星星点点的光亮。那时候流星特别多，它们总爱在人背后倏倏落下，不经意地一回头，就会看见几道白光划过天空。这样的场景，在我长大之后再也不曾得见。

再一次感受到树的美，是长大以后回外婆家过夜。那是在城市里生活了几年之后的事情。彼时，外公外婆年事已高，果园已经转给别人。他们住在山下的房子里，不再上山劳作了。那是初冬，吃完晚饭，夜色涌上来，我站在天井里，一抬头，一整排参天杨树正静静地伫立在围墙外。那是一排年轻的树，只有碗口那么粗，但很高，树上已没有一片树叶。在深蓝色的天幕下，一弯新月与几粒星星在树梢间静静明亮着。那一刻，顿觉呼吸顺畅，精神抖擞，这是无论在哪个发达的城市中我都不曾见过的美。心里忽然就对“我不是个画家”这件事感到万分遗憾。

小时候的果园生活，关于冬天的记忆几乎是没有的。那时候，树叶凋落，大雪封山，工人们也已经离开，整个果园都陷入了沉寂。我们这些小孩子自然也就不再去果园玩耍。在那时的我看来，冬天的果园是不好玩的。现在却会想到，那些冬天里的果树们也是在积攒着迎接春天的力量。这样想着，我便可以用更加开阔的心态来面对人生的冬天了。

停下来，欣赏一棵树；低下头，细闻一朵花。

这些看似简单的动作，却能带给人意想不到的快乐和力量，它们会把蒙在人心头上的尘垢抚去，让感觉重新敏锐起来。

在电影《茜茜公主》中，巴伐利亚的约瑟夫公爵对他要远嫁奥地利当皇后的女儿茜茜公主说："如果你感到忧愁，就到树林里去，到那儿可以敞开胸怀遥望树林，你能从每一棵树、每一朵花、每一片草，每一个生命里看到上帝无所不在，你就会得到安慰和力量。"父亲知道自小在湖边自由自在长大的女儿，进入等级森严的皇宫生活后，必定会有诸多不习惯。那个时候，身边可说话的大概也只有树林里的万物了。

树不是简单的物种，它们会给自己计算年龄，它们是我们不说话的朋友。

我想，我们要保持对生活的敏感，才能感受到生活中微小的暖意。有时候，一处鲜活的风景——哪怕仅仅是一棵树，都比语言更能抚慰人心。

这个初春，我在中国人口最多的城市里再次被一棵树唤醒，让我想起这些跟树有关的事情。我想，我并不是害怕冬天的寒冷，我怕的是失去对生活的直觉——“没有直觉你就无法去爱”。

买花送给自己

在中国的南方或是热带国家旅行，常常会遇见卖花人，通常是当地乡下的老妇人或者儿童。她们提一只盛满花的竹编或藤编的小篮子，走近你，也不说话，就微笑着将一串芬香的花塞到你的手中，通常是栀子、玉兰之类好闻的花。如果是遇到推销别的货物的人，我定然会抱怨一番，或者摆手拒绝，可一看是花，便会愉快地掏钱买下来。尽管我知道，到了傍晚，它们就会变蔫失去香气，但哪怕只绽放一小会儿，新鲜的花朵也会让人的心情瞬间振奋起来。

小时候，家里养过一株栀子，它被养在瓦灰色的花盆里，每到夏天便会开满一树白色的花，满院芬香。夏天常常有突如其来的大雨，雨后，有的花朵被冲落到花盆里，沾了泥也不舍得扔掉，捡起来在水中洗一下，放在盛满清水的碗中，摆在床头，一整晚都能闻到若隐若现的香味。有时候，花瓣已经放至干枯呈黄色，浓郁的香味也依然存在。栀子花是我闻过的香味最浓郁的花，我是不舍得在它还新鲜时采摘下来的。

长大后，我常常为自己买花，给自己买花不是孤芳自赏，也不是亦舒所写的落入“自己赚钱买花戴”的唏嘘之境，只是为了让心情更加愉悦。上学住集体宿舍时，最常买的是香水百合，这是最平民的花，有那么三两只插在玻璃花瓶中，便让平凡的集体生活充满乐趣，每个人一回到宿舍就会被浓郁的香气包围。偶尔也会买一小束蔷薇，对蔷薇的喜爱，更多源自她的名字和巴尔扎克那句“那蔷薇，就像所有的蔷薇，只开了一个早晨”，有种异域的浪漫和忧伤。有时候会收到花，但若不是喜欢的对象，就为那些花儿感到可惜，它们怒放却没有遇到对的人。

17 岁生日，好友送了我一大捧白玫瑰，我把它们养在细高的玻璃花瓶中，大半个月才慢慢凋零。写到这里时，我想，白玫瑰真能存活这么久吗？也许是我记忆模糊，但它们在我记忆中何止是存活了大半个月呢？每次想到和这个青春期的朋友交往的片断，就会想起她拉着我去郊区的花市选购白玫瑰的情景。因为那时候她也没有太多钱，不够在城里的花店买。

我喜欢在天寒的时候买花。北方的冬天和初春冷且萧条，万物静默，外面看不到一丝鲜嫩的颜色，大自然中没有什么可寄托的，好像只有花会让人觉得充满生机。我记得有个初春的晚上，跟朋友吃完晚饭回家，那时已经很晚了，走过离家不远的过街天桥时，看到有一个卖花人在卖不太常见的郁金香，便买了一大束，回家插在玻璃瓶里，清晨醒来，在乍暖还寒之际，窗户外那种北方特有的白亮的阳光告诉我，外面还是冷的，可这些花儿在我的暖气房中兀自开得鲜艳又浓郁，仿佛一下子就看到了春天。

我喜欢自然生长的花朵，这么说是因为近几年出现一些被人为染色或者改变基因的花朵。比如被媒体和商家推崇的价格昂贵的有着奇怪名字的“蓝色妖姬”，我就从来没有喜欢过。它们的香味被培育成高档香水的味道，花瓣上甚至还被撒上了金粉，看似完美的科学产物，却令人感觉太过做作。不管它们如何好看我都爱不起来。

倘若是一朵真实的花，即便因为失去水分枯萎在容器里也有一种颓然的美感。时间会流逝，花儿会凋零，才会让人生出不舍的心。

回头望去，年少时让我觉得动心的花是有着浓郁香味的栀子花，青春期便喜欢洁白的百合花和对爱情有所期待的蔷薇，再长大一些喜欢挺拔的白玫瑰和怒放的芍药。我想没有人是不爱花的，红玫瑰是茜茜公主与她的奥地利皇帝弗兰茨的爱情之花；富有的亚瑟·卡伯用山茶花打动了 Coco Chanel 小姐，它成了她最爱的花，他成了她难忘的情人。电影明星费雯丽每天清晨都会到蔷薇花圃里去看她精心培育的蔷薇花，然后摘下来送给去拜访她的朋友们，她的园丁抱怨她太慷慨，把这些昂贵又少见的花这么随意送出去；《绯闻女孩》中，纽约上东区的花花公子Chuck终于下定决心向Blair求婚，当他捧着一束粉色的芍药站在帝国大厦的顶楼时，她却没有按时到，他无奈转身离开，用丝带绑住的粉色芍药被他放在顶楼的天台上，在夜晚灯光的照耀下忧伤得惊心动魄……我就是因为这个情节，从此开始喜欢芍药的。

有次，听说家附近开了一家大型的花卉市场。一个周日的下午，我们开车去买花。到达之后，才知道花市只营业到下午两点，过了两点，就只有三三两两的店家还开门营业。我在一家还开张的店，选了芍药、腊梅、南非帝王花。付钱时，我对卖花的大叔说："便宜一点嘛。"他说："送你几枝尤加利吧。"我说："在价钱上也再便宜一点嘛。"他说："姑娘啊，你真是会算账，你以后定能考个好专业。"我听了窃喜，只因我已从学校毕业多年，还被误认为是待考的学生，心里别提多开心了。所以连价格也不去砍了，痛快地付了钱。

女人真是太容易被讨好，何况是在这个鲜花怒放的世界里呢。

阅读是一种秘密的欢愉

“4·23 世界读书日”这天，有一位《环球网》的编辑问了我一些关于读书的问题，其中一题是：“为什么要读书？”我想大概是因为书改变了我的人生轨迹，让我找到了一生所爱的事业。

从少年时喜欢读书到后来做了跟书有关的工作，又出版了自己的书，我的生活是围绕着书而存在的，它是组成我人生的重要部分。我在不同的书中读到了不同人的想法，看到了不同的人生，也因此去思考自己的生活。

我常常想起小时候，家里人不在时，我一个人在家读小人书的情景。年代已久远，只能记起一个模糊的轮廓，像电影里常用的回忆镜头——我记得我坐在一个矮板凳上，旁边放着妈妈出差时带回来的羊肝羹，杯子里盛着用橘子粉泡的水，临出门前她对我说：“你想我的时候，就吃一根，等你吃完了，我就下班回来了。”我会一边看书一边随着光线的转移而移动着小板凳，直到天色渐暗，捕捉不到阳光了，羊肝羹的袋子也空了，妈妈就回家了，我就缠着她问不认识的字。那时候读的是连环画版的《西游记》、绘图版的《格林童话》《安徒生童话》《豪夫童话》《王尔德童话》。羊肝羹和橘子水不是每次都有，但那些书却陪着我度过了一个又一个独自在家的孤单时光。在那一两年里，那几本书被我反反复复地看，也是从那时候起，我感受到了文字带来的乐趣。当没书可看的时候，偶尔看到地上一张纸片，都要去捡起来读一下。

青春期的时候，依然没有太多的娱乐，那时的网络世界才刚刚露出端倪，一些不知如何打发的时间，也是跟书在一起的。课余时间，最常做的事就是和同学一起租小说和买时尚杂志看。为了省钱，大家会交换着在一天内看完。买杂志也是，你一期、我一期地买。毕业以后，跟很多同学的关系都随着时间、距离的关系疏远了，但是曾一起租书看的同学却至今还在联系。虽然我们都不在一个城市，租书屋也早已成为历史，但从前用书连接起来的情谊，好像一直粘合在那里，他们无论何时出现，都可以无缝隙地聊起当年一起读书的事情。

阅读的乐趣就这样一直延续了下来，我也越来越享受阅读带来的愉悦感。

对于读书，有几个场合最适宜——睡前的床上，咖啡馆隐匿的角落里，长途慢火车上以及家里的卫生间。

每当忙完一天的工作，我常常会把卧室的灯光调暗，打开一本喜欢的书，一直读到睡意袭来。偶尔也会在处理完工作的下午，带上一本书，独自躲到咖啡馆最边缘的角落，松一口气，打开上次中断的那一页。在长途的火车上，是最适合读一本完整的书了。如果读的是一本小说，书与现实的场景交织糅合在一起，你的思想和身体同时在向前移动，以后回忆起这趟旅行，便会觉得不那么单薄。如果读的书是一本随笔，那这一路如同有人陪伴，同你聊天，这旅行将因为一本书的参与而变得独特。卫生间之所以会被我列为一个适合阅读的场所，是因为少年时候的阅读大部分是在卫生间里进行的。那时候我的读书时光总是被打扰，当我在自己房间里读书的时候，妈妈就会敲我的门，提醒我光线太暗淡，或者不敲门，就那样一声不响地走进来，“哗啦”一声拉开我的窗帘。我在很小的时候就发现卫生间是一个非常适合阅读的地方，只要你不在里面待太长的时间，就不会有人打扰，我在那里总是可以获得短暂的自由。

在忙碌的人生中，当你打开一本书开始阅读的时候，也表明这段时间你是自由的，不需要去接繁琐的工作电话，不需要收拾家务，也不需要照顾你的丈夫与小孩……你与自己的心四目相对，用一本书的时间刷新对世界和一些事物的认知。

有的人选书，会去参照书店的排行榜一路买下来，我却更喜欢像林语堂先生那样去选择一本书，他说：“在灰尘里拾到一颗小珍珠是比在珠宝店橱窗内看到一颗大珠宝更为快活。”

从大的方面来说，我从来不会去读一本“有用”的书，比如教人怎么说话，教人怎么提高情商，怎么成为受人欢迎的人之类的书，它们因有用而无趣。

小说、随笔、散文、传记是我喜欢的类型，我将它们归为“无用”的一类。读无用的书，是没有目的的，却往往会让你从头享受到尾。这种享受不一定是让人愉快的，也有可能是悲伤、失落的，让你的心受到小小的“虐待”，那是纯粹的文字给人带来的喜怒哀乐。

能通过文字来感知世界的美好是一件非常幸运的事情，懂得欣赏文字也是一种天赋，就像有人比其他人更懂得如何品一杯咖啡，有人更懂得欣赏一幅画一样，这种天赋人人都不一样。

我们常常会被某种事物打动，有的比较显性，大部分看到的人都会为之感动；有的比较隐秘，只有细腻的人才能感受到。文字带来的感官体验是隐秘的，但却比其他事物更深远一些，它会带给你不一样的旅程——你从现实的人生中没有机会体验的旅程。当你从一本书中走出来，再重新抬头看世界，这个世界已经不一样了，与现实世界之间拉开了一个小小的距离。

有人说，读一本书，只要里面有一句话、一张照片给你带来了新的东西，哪怕是小小的一点，就值得了。对我来说，除了对阅读文字本身产生的化学反应之外，阅读的乐趣之一是书和现实之间的重合——书里总能渗出一些什么东西流淌进现实，并产生奇妙的巧合。

比如在一个星期天，我读了村上春树的《眠》。这本书是以《安娜·卡列尼娜》为隐匿线索，书中讲述了一名严重失眠的家庭主妇的故事，她莫名地无法入睡，便在醒着的时间里读《安娜·卡列尼娜》，前面是平淡琐碎的描写，最后一刻却留下一个紧张的结局。读完后，我想快速摆脱阅读时的紧张，就开始看一直想看却没有时间看的电影《刺猬的优雅》，然后吃惊地发现这个电影的隐匿线索也是《安娜·卡列尼娜》。

还有一次，读村上春树的旅行随笔，他写在哈佛大学门口的餐厅菜单上看到一道叫“解构主义凯撒沙拉”的菜名，很好奇，就想点一份看到底是什么。侍者端上来一看，跟其他餐厅的凯撒沙拉是一样的食材和酱料，唯一的区别就是侍者是把食材和酱料分别端上来，让客人自己去调配酱汁。当我在旅途中读到这一篇时，忍不住笑出了声。那时我们刚好开车经过某个城市的服务区，要停下来吃点东西。我点了一份看起来不会出什么大错的馄饨，付完钱没一会儿，卖馄饨的大婶从窗口送出一碗用白水泡着的馄饨，我看得心都凉了，连一点配料都没有？但她这时指了指吧台旁的一堆调料、小菜对我大声说："自己去调味吧。"只不过隔了半个小时，我就体验到了大致相同的境况，身在其中，真是有种亦真亦幻的感觉。

在新冠病毒泛滥期间，我被困家中，又体验到了这种巧妙。那几天，我重读了海明威的《流动的盛宴》。当读到《司各特·菲茨杰拉德》这篇时——写的是，海明威陪菲茨杰拉德开车从里昂回巴黎，途中被雨淋湿，菲非常害怕自己因此得肺病死去，逼着海明威去给他四处找体温计量体温。而那几天，我也因为对新冠病毒的恐惧，总是在不停地测量体温。当读到《秘密的欢愉》这篇——海明威写了和妻子哈德莉互相剪头发、一起留长发的事情。那天，我也刚好用电动理发工具为不能出门理发的先生理了发。书中还有一篇《一个假的春天》：春日的早晨，妻子正在熟睡，年轻的海明威已经工作了一个早晨，并写了几个满意的段落。外面，太阳已经升起，温度正在升高，昨晚落在地面上的雨水被晒干，山羊倌吹着笛子赶着羊群从街上走来，这一切都向他展示着春天来了。但现实的生活却还是不尽人意，那时的他还没有写出一部完整的小说，没有钱，沉迷赛马又输掉很多钱，并常有饥饿伴随。正如我此刻，虽然已经可以感受到温度渐渐升高了，树木也开始发绿芽，有一些早春的花也开始开放了，这一切都让我觉得外面已是春天了。可现实是，我还被隔离在家中，不能自由行动，公司里有很多事情不能继续，我这不是也正在过一个假的春天吗？好在还可以写作。于是，我也开了一瓶甜味白葡萄酒，像他一样一边写作一边喝上一杯，来抵抗这个假的春天。

我也希望一切过后，也如他后来的人生那样豁然开朗，可以说一句“Now we had spring and money too”。（现在我们有了春天，也有了钱。）

人类脆弱，需要一个温暖的小窝；又因孤独，摆满心爱之物

回想我刚开始在北京独立生活的时候，内心的一个兴奋点就是，终于可以挑选自己喜欢的家居用品了，不需要再用家长和学校规定的花色。尴尬的是，最初对于家的布置，总是想法太多，钱太少，买到的东西不成套。看上喜欢的东西，再看一眼价签，就只能忍痛放下。

我在宜家推着小货车，把能买得起的东西一件件放上去拉回住处，再对着图纸一件件组装起来，让它们布满房间。在最初的房间里，大概只有一块面积不大的地毯、一套桌椅、一个简易的木头书架、一床被褥、一面镜子、几只水杯，墙上零零散散地贴一些在艺术展上拿回来的免费卡片——北京的生活就这样简单地开始了。尽管如此简单，当我把这些东西一一摆出来的时候，小小的房

间也有了生活的气息，每一件东西都各司其职地让生活温暖起来。怪不得在沙漠生活的三毛，费尽千辛万苦也要拖回废弃的木板做几样家具放在家里，也果真如她所说：人有了家具才能活得不悲伤。

我的朋友古小姐从成都来北京追寻她的梦想。她从小学习钢琴，她说小时候最大的噩梦就是每当家里来客人的时候，她的父亲就会让她当众表演，以致于在我去她家之前，她在等我的空隙打了个盹儿，又梦见父亲让她给客人们弹钢琴的情景。我却丝毫不懂得她内心的恐惧，一走进她的房子看到钢琴时，就对她说："给我弹支曲子吧。"

她在北京早期的住处是一间只有50平米的一居室，房子在北京的三环路边。在她不大的客厅里摆了一架大钢琴，养了两只美国短毛猫。当我走进她家的时候，那两只猫正蹲在地上傲慢地看着我。她说虽然小时候憎恨钢琴，长大后也并没有成为职业钢琴家，并且做着一份与钢琴完全不相关的工作，可是远在他乡，没有钢琴的生活变得空落，于是她把钢琴从千里之外的老家运到了北京。在她客厅的木制书架上，摆满了以小说为主的书和从各地旅行时淘回来的小物件。书架旁边是一只精致的小鱼缸，里面养了 7 条热带鱼。每次她外出旅行或者出差的时候，就会把两只猫送到我的住处，让我帮忙照顾，再找另一个朋友隔几天去她家，给那 7 条一寸长的鱼喂食。她还自掏腰包把租来的房子的厨房重新装修了一下——北京的老房子，厨房的管道往往露在外面，锈迹斑斑，让人看了触目惊心。她说，即便只住一年，我也不愿意看着它破破烂烂的样子。后来，她搬去南方一个有海的城市，也是不辞辛劳地带去了她那巨大的钢琴。

美剧《破产姐妹》里，卡罗琳和麦克斯这对“破产姐妹”，住在廉价社区狭小的旧公寓里，每天早上要把床折叠起来推到墙上才能有足够的活动空间。用卡罗琳的话说：“我都穷得住在墙上了。”但即便日子已经如此艰难，她也始终把她落魄之前养的那匹棕色的小马“栗宝”带在身边，养在后院的公共区域里，也许这样可以告诉自己，窘迫的日子很快就会过去，曾经的美好还会回来。而麦克斯将小时候用了很久的床单和枕巾带进了成年后的生活。每个晚上，她只有躺在这条旧床单上用手抓住旧枕巾上的蕾丝花边才能入睡。她不像卡罗琳那样曾经有过富足的生活，她过往的生活是糟糕、混乱的，但她还是从往日的糟糕生活里提取了一些“温暖”来支撑自己，一步步朝着梦想中的生活走近。在遇见那个可以把人生和生活都与之合二为一的人之前，它们会让生活带着一丝“暖色”。有一次，卡罗琳觉得那些旧床单和枕巾太旧了，趁麦克斯不在的时候帮她换了套新的，麦克斯却从此睡不着了，为了能找回被扔掉的旧床单和枕巾，她甚至跑到流浪汉住的铁皮垃圾屋里翻找，流浪汉误以为被偷窃，大叫着把她赶出去……好在，经过了漫长的平凡生活，终于在最后一季，她们的事业有了眉目，也有了相爱的男人——麦克斯放下自年幼时就追随着她的不安全感接受了一个男人的求婚；卡罗琳也不再是那个浮夸的前富家女，开始踏踏实实地去面对生活。

我们每日在外面工作，与人打交道，就像被扔进了快速旋转的洗衣机里。一个存放自己心爱之物的小屋，是我们漂泊时最好的安放地。在那里，我们被洗净、烘干、取出，再整齐地叠放在新衣篮里。

人类是一种脆弱的生物，需要一个温暖的小窝，又因孤独，在里面摆满心爱之物。

人生啊，走着走着就老了

散步是我最喜欢的运动，没有之一。天气好的时候，我会很振奋地对身边的人说：外面阳光明媚，是个散步的好天气啊！阴天的时候，我会说：今天没有紫外线，真是个散步的好天气啊！下雨的时候，我也会怂恿他说：咱们去撑着伞散步吧！刮大风的时候，我会说：出去散步吧，大风会刮走你的一切烦心事！我像得了散步狂热症一样热衷于散步。落叶的时候，去散步；飘雪的时候，去散步；心情好的时候，去散步；心情忧郁的时候，也去散步。

20世纪30年代好莱坞最具传奇色彩的女星葛丽泰·嘉宝，她天生冷感的气质演绎的《茶花女》连希特勒也为之倾倒，他说嘉宝是唯一一个可以不用被搜查就能见他的人。她在荧幕上笑一下，就会有无数影迷为之倾倒；她在大荧幕上第一次发声，各大报纸头条充满了对她的声音的猜测。就是这么一位迷人的人，她最爱的事情就是躲过记者的追逐、避开镁光灯的包围，独自在雨中散步。她说："我最惬意的事是穿上雨衣、戴着航空帽在雨中散步。我散步的目的是逃避现实，当独自一人时，我常想到自己过去的一切，有好多值得深思的问题。"

关于散步，我觉得最美的场景是：一个人撑着伞在细雨蒙蒙的天气里走在被雨水淋湿的青石板路上；一个人穿平底鞋走在深秋落满黄色叶子的柏油马路上；两个人在夏天的夜晚沿着曲折弯曲的小路走在城市公园的深处；两个人在下过雪的冬天踩着咯吱咯吱的雪牵着手走回家。

朋友喝醉酒跟我讲起他大学时爱上的女孩。在女孩生日那天，他想给她一个惊喜，用打工攒下的钱买了一大捧玫瑰花去她家楼下等她，却看到她挽着另一个男生走上楼梯。他很生气，将花扔进垃圾桶，一个人沿着马路走了很长时间，一直走到筋疲力尽时，才发现天色已晚，街边的路灯已经陆续点亮，自己不知不觉中竟然走到城市的边缘。他只好打车回住处，在回去的路上，他发现自己已经不生气了，这段漫长的行走让他想明白了，爱情这事不可勉强。隔日，再见到那个女孩时，他很坦然地跟她打招呼，然后便再也没有去打扰过她。

我认识一个女孩清，她 20 岁就创建了自己的西餐店品牌，我们有时候会聊起做品牌时的一些艰难。她说，刚开始时风生水起，觉得自己好幸运，这么年轻就可以做自己喜欢的事情。但是一年后，随着公司的发展，她和合伙人的经营理念产生分歧，公司陷入进退两难之境，她夜里常常失眠。失眠时，便一个人去公司加班。有一晚，下了大雪，她加完班从公司走出来，白天熙熙攘攘的马路此刻变得好安静，只偶尔有辆车开过，她没有去停车场开车，而是选择走路。雪霁的夜晚，空气也比往日清新，她就那样，呼吸着清冷的空气，踏着咯吱咯吱的雪一步步走回家。平日里开车需要 10 几分钟，走路需要半个多小时。但开车的时候，她都在聚精会神地把握着方向盘，没有多余的精力去想别的。走路的那 30 分钟，双手和大脑突然放松了，冷冽的空气让人清醒无比。她说："散步的时候，可以想明白很多窝在办公室里想不明白的事情，也可以看到很多开车时忽略的街边风景。路边的新面包店何时开的呢？原先的店铺是什么来着？自己竟然都不记得了。"淡定的脸孔不像是 20 岁出头的女生。此后不久，她便忍痛与合伙人分开，度过了分家后的痛楚后，真正独立起来。那之后，她常常走路回家，即便是并没有遇到想不开的事情，就像陶晶莹歌里唱的，"突然很想不要飞，想走路去纽约，看看这一路我曾经忽略的一切……"

在一个互动网站上，有人问：当你散步时，你在想些什么？

一个人散步的时候，会在脑子里上演一些幻想出来的戏码，直到不小心从内心发出的声音，突然把你自己吓了一跳，然后慌忙四处看看是否有人听到。两个人牵手散步则容易散出"天荒地老"的感觉，走着走着，会有一种"周围的背景迅速变换，一年四季匆匆而过，两个在时光里的人迅速由年轻慢慢变老”的快进镜头的错觉。

不过，仔细想来，这也不能算是错觉，人生本来就是这样，走着走着就老了。

为平凡的生活寻找一点诗意

有一年的春天，我们搬进望京一间很小的公寓。这间不大的房子在一个年轻社区的顶楼，周围没有其他更高的建筑，夜晚从卧室的窗户望出去，一片灯光璀璨。房子主人在去美国的前几天与我正式签订合约，她是中央美院毕业的，人很开朗，品味不俗。房间里家具不多，但都是精心挑选的，有着深色的木头纹路。

我是从城市的东边搬到北边来的，那时候我刚刚辞去朝九晚五的工作，不需要每日外出上班。于是，从繁忙的工作商业圈搬到这个放松的生活圈。那时候望京还不像现在这般繁华，很多大公司尚未入驻。那时我常觉得，住在望京的都是贪图享乐的人。在这里开着一些永远需要等位子的餐馆、永远都在排队的甜品屋，吃喝玩乐自成一体，生活、娱乐都不需要走出望京。还因为靠近几个艺术区，可以就近观看很多艺术作品展览。

有一晚，我同先生看完午夜场电影，去小食店吃宵夜。邻桌是四位年轻人，他们一边吃饭一边聊天。午夜的小食店，只有三两桌客人，他们的谈话的声音虽小却很清晰。其中一个男生说："刘老师画的那幅画，看得我心都醉了"。

我以为自己听错了，因为之前我在商业区工作的时候，每天中午乘电梯从16楼一路下去到写字楼附近的餐厅这一段时间，就只能听到打扮精致的白领们吐槽同事、上司、合作方的声音。走出楼梯，在拥挤的快餐店吃午饭时，也永远是不绝如缕的抱怨声。那时我只会听到："我凭什么听她的，她什么也不会就只会乱指挥。"或者永远是烦躁的声音："好讨厌啊，吃饭的时候也不让人安宁。"

所以，当我听到"刘老师的那幅画，看得我心都醉了"的时候，我的第一反应是，我是听错了吗？也许我的耳朵心疼我在职场上听了太多的负能量，所以它替我过滤掉了那些不好的声音，专门把一些我想听的事情传递给了我。可再仔细听，他们确实是在谈论一幅画。

在这个人人见面都在问“你结婚了吗？买房子了吗？开什么牌子的汽车？你的小孩在哪个补习班上课？公司的估值多少了？”的城市，有人愿意这样跟同伴在闲聊的时候谈论一幅画，是多么奢侈的事情。我有点感动又不能大声说给先生听，就用手指蘸了水，在木头桌面上把“他们在谈论一幅画”一个字一个字地写给他看。

每次，当我不经意间听到人们很平常地谈论电影、书、诗歌或一件艺术品时，内心总有一种很温暖的涌动。一想起在喧嚣的当下，那些来自文学、艺术幽微的光芒还能时不时地照进人心，就会觉得这个人人都在忙着捞钱的世界还是会好起来的。

尤其是这两年，我听到或者感受到的这样的事情更多。人们好像比前些年更注重内心世界了。我的先生是一位诗人，2015 年的时候，先生和我，以及几位年轻的诗人朋友一起编了一本情诗集——《我要对你做，春天对樱桃树做的事：全世界最美丽的情诗》。我们从全世界 18 个国家的 62 位诗人的情诗中选了 98 首诗，配了 18 世纪法国著名宫廷画家的玫瑰及植物和飞鸟作为插图。这是一本纯粹的情诗集，在出版的当年并没有引起太多的反应。反而是这两年，它被不断提及，销量也比前几年增加了很多，眼看已经是本大畅销书了。

可能这些年，人在谈论、追求物质的时候，不自觉地被其所累，心也会不自觉地长出了一层防御的硬茧。人与人之间因此有了防备，爱意就会渐行渐远。人类终究还是情感动物，需要一些柔软的东西抚慰。当人们厌倦了外界的喧嚣，还是会想回过头去寻找一种诗意的存在，将心头的硬茧变软，使之脱落，让心重新温暖、柔软起来。

我们确实需要学会偶尔停下来，跟朋友一起去看个画展。或者常常有意地让自己慢下来，读一本小说、一本诗集。就算是已经结婚生子、柴米油盐、白发染鬓了，也千万不要忘了悉心打扮一番，再去听一听年少时喜欢的那个歌手的演唱会。

我们需要一点这样的时刻，为平凡的人生寻找一点诗意。

如同清泉流过心底

人生中常会体验到一些意外的舒坦感，那种感觉就像心里有泉水在流淌。

在这个世界上，有时你做了一件你觉得再平常不过的事情，却在无意中给了别人积极的影响，甚至影响到了他的人生选择，过了很多年后，他辗转来告诉你这件事，就会产生这样的感觉。

有一次，我和先生在东京见几位日本朋友，见面之前跟他们并不算很熟悉。那时候，我们主编了一本叫《地球旅馆》的 MOOK（杂志书），那是一本关于全球生活方式的主题书，其中有日本生活的部分。那时，我想访问一位日本设计师，通过朋友联系了她，她不但接受了采访，还提供了很多照片，并很热心地问我需不需要其他帮助。但那一期稿子因为很多原因一直没有出版，我和先生心里一直觉得不好意思，所以趁着去日本的机会，请她吃饭表示感谢，她特地和丈夫从北海道来东京与我们见面。那是我们第一次见面，我赠送了他们我和先生主编的一本情诗集——《我要对你做，春天对樱桃树做的事：全世界最美丽的情诗》。晚饭的时候，大家聊得很开心，开心之余，我先生就打开诗集读了茨维塔耶娃的诗——《我想和你一起生活在某个小镇》。

在日本待了几天后，我们就回到了北京。有一天，我打开邮箱，发现邮箱里有一封邮件，正是这位日本设计师的，她在邮件中写：That dinner time, His poetry reading is very romantic, and the poem his selected gave us a gentle landscape image.（那天晚餐时，他的诗歌朗诵非常浪漫，他选的诗给我们展现了一幅柔和的画面。）

收到邮件后我被她感动了。那天我先生只不过是即兴读了一首诗，我们在其他的场合也读过诗，从来没有人为此表示过什么（什么都不表示是正常的）。并且那天我记得还聊了很多话题，比如日本人的阅读习惯、他们夫妻二人在北京的旅行、她的设计工作室等等，而她唯独提到了诗，她心思细腻地感受到了那种诗意的氛围。读完邮件的时候，我心里又出现了这种“意外的舒坦感”。

还有一次，有位很多年没有联系的同学加了我的微信。她加上我之后，给我发了很多她女儿画的画，告诉我其中有一幅获得了一个国际的儿童绘画银奖。我有一点点奇怪，我们在学校的时候并无过多交流，毕业之后，各奔东西，更是很少联系。为什么她会特地来对我说这件事呢？

她说：“你还记得在毕业纪念册上，你给我画的画吗？”

听她这样一说，我想起来了。上学时，我读了一个不是很喜欢的专业，又不太喜欢参加学校的活动，除了应付必须的考试，大部分的时间我都会在一个很大的本子上画画，无论是在教室还是宿舍，我都在画。毕业前，同学之间互相在毕业纪念册上留言，在写完文字之后，他们都要求我在上面再画一幅画。没想到，却因为画画，一些原本不熟悉的同学有了些许交流。那个夏天我画了太多，所以都忘记给谁画过了什么。

她继续说："那时候，常常看到你在画画，让我觉得画画是件很美好的事情。所以，当我有了女儿后，就想让她学画画，好在她自己也很喜欢。上个月，她的老师拿了她的一幅画参加了一个国际比赛，竟然获得了儿童组的银奖。所以，我要来谢谢你。"

本来，那个白天，我在工作中遇到了不愉快的事情，不愉快的心情一直持续到晚餐后。可是当她告诉我这件事情的时候，我的心情突然变好了，心底真的好像有清泉流过。

人活在世上的品相

在上海的一间餐厅陪朋友吃饭，邻桌坐了一对老闺蜜，她们的头发都已经花白，年纪加起来得有 150 岁。其中一位烫成大卷梳成偏分，露出额头，虽然已是老人，但额头是光洁的。她穿了一件红色马海毛套头衫，戴一串颗颗洁白饱满的珍珠项链，手腕上戴一只金色女士手表，下面穿一条乳白色过膝西装开叉裙，穿肉色带有隐约小波点的丝袜，乳白色中跟软羊皮鞋。她的毛衣的红是暗红，白色的裙是乳白。

一直以来，我都不是很喜欢大面积的纯白配纯红，就像突然开了瓦数很高的灯那样刺眼，但两个本来对比很强烈的颜色，各自调暗一度之后，搭配到一起却有种高级的质感，连她脸上的皱纹都被映衬的很精致；坐在她对面的女士，则穿一袭香奈儿式的深蓝色粗呢套装，戴了一串黑珍珠项链，同系列的黑色珍珠耳钉，脚上穿一双深蓝色的方跟皮鞋。两个人一边吃着面前的食物，一边尽量将身体凑近小声讲话。她们的气质如出一辙，像两朵双生花，她们的风采，让餐厅里的年轻人有些黯然失色。我们几乎同时吃完了饭，买单，离开。同时去了隔壁一间时装店闲逛，只见她拿起一个 blingbling 的包轻轻问她的同伴："这个好看吗？适合我吗？"虽然 blingbling 的配饰听起来与年纪大的女人并不相配，可是，她拿在手中，却毫无违和感。随意站到街上拍一张照片就可以登上街拍网站了。

她们让我想起小学时的一位数学老师，她教我课的时候已年近 50 岁。她有很多件旗袍，每次上课都会轮换着穿。她的旗袍大都是亚麻、丝绒质地，颜色是深色或素色，腰身和胸部的剪裁宽松，长及脚踝，不会显得妖娆，非常得体。配饰也很简单，是几枚造型简单的胸针。那是 20 世纪 90 年代，物质生活并不十分富足，但她每次都把自己打扮得精致又得体。虽然现在我也常常见到穿旗袍的女人，但往往不得要领，不是图案太艳俗，就是剪裁不讲究，要不就是戴了过于大块的珠宝，反而不如从前的审美。我小时很害怕上数学课，但却期待看到她。隔了这么多年，她的脸在我记忆里已经模糊，我甚至已经忘记了她的全名，但她穿一袭旗袍踏上讲台的那个瞬间，清晰如昨。

在平日里，如果不是重要的场合，很难看到这个年纪的人如此细心打扮自己。在市井中看到的中老年妇女，大都大着嗓门，穿着花花绿绿的衣服，有时候身上穿着不合时宜的晚辈的衣服，给人的感觉是余生就要这样凑合着过下去了。

这种时刻，总会让人悲观地觉得，大概女人老了都会是这般样子吧。可是我在偶遇的那两位老太太和我的数学老师身上感受到的是，衰老并不可怕，如果能像她们一样，就算是脸上爬满皱纹也没什么。她们给世间的女人做了正面的示范。

“西太后”薇薇安·韦斯特伍德（Vivienne Westwood）说：“如果你的穿着令人印象深刻，那表示你拥有更好的人生。”我想，那几位优雅的老妇人一定有一个不错的人生，即便在一个大部分人都认为“老了，不好看”了的年纪，也还有心情去好好装扮自己。不慌不忙的态度，从外表就能折射出来。

我们去书店武装心灵，也要去服装店武装外表。

我们的衣服不一定要很贵，但每一件都是精挑细选过的，每一次出门都精心搭配过。挑选衣服的过程也是个创意的过程，不管网上购物多么发达，我始终坚持在实体店买衣服，特别是在网络店铺中有过几次失败经历后。即便有几次是没有失败的，但在下单几天后才能收到自己喜欢的衣服，那种最初的新鲜感已经没有了。在实体店买衣服，可以第一时间看到自己挑选的衣衫是否适合自己，也不会因为网购失败怕浪费钱而把不适合的衣服硬套到身上去。在实体店中穿梭，在不同的品牌中寻找和搭配，像完成一件必须的工作那样去给自己挑选合适的衣服，这本身就是一件很有趣的事情。每当我买到自己喜欢的衣服和饰品，第二天早上醒来的时间都会比平日里早，因为觉得这将会是崭新的一天。

在大都市中，焦虑症往往如影随形，对于女生来说，买到喜欢的衣服也许是最好的治愈方法之一。服装是一种生活态度，你是什么样的人便会热爱什么样的服装，或者你的内心渴望成为哪种人便会把自己打扮成哪种人，能按照自己的方式穿衣就可以按照自己的方式生活。努力生活的方式有很多种，把自己装扮好看也是其中之一。

厨房和试衣间都是女生的最佳创意基地，因为美食和服装都是缓解焦虑的良药。

一件 Marc Jacobs 风衣

我买了一件 Marc Jacobs 的卡其色风衣，它是我这个秋天最喜欢的一件衣服。我不是专业的时尚人士，对时尚并无深入研究，只是喜欢买一些能打动我的服装。起初我只是被它的外型吸引——它长及脚踝，有一条会提高腰际线的束腰腰带，有点复古意味。衣服标签上写着：REDUX GRUNGE COLLECTION 1993/2018 Marc Jacobs。当我看到 1993/2018 时，觉得这可能是一件有故事的风衣。我想知道它的来龙去脉，就去查了一下这个系列，果然是有故事的。

原来，这个系列是设计师 Marc Jacobs 刚毕业不久，大概 25 岁的时候在美国品牌 Perry Ellis 担任设计师时推出的。但是当年，也就是 1993 年，这个系列刚一推出便收获了无数时尚评论家的差评，原因是过于前卫，也过于随意，Marc Jacobs 也因此被 Perry Ellis 炒掉；他曾经将这个系列送给著名摇滚乐队涅磐的主唱科特·柯本和他的妻子科特妮·洛芙，因为这个系列的灵感是来自柯本，但他们把它烧掉了。

时隔 25 年之后的 2018 年，Marc Jacobs 早已不是当年那个初出茅庐的设计师了，他担任了 16 年的 LV 设计师，获奖无数，明星们争着穿他设计的衣服。离开 LV 后，他创办了以自己名字命名的品牌，一时风光无两。2018 年年底，他用了 1993 年的原版设计和布料又重新复刻了这个系列，向年轻时的自己致敬，在发布会上他说："我们回顾过去，不是为了怀旧或缅怀曾经的辉煌，而是为了提醒自己记住那些不断启迪着我们坚持诚实、正直和保持本真的东西。在我的职业生涯中，GRUNGE 系列首次体现了我坚定不移地去实现梦想并坚持创新的决心。"这一次，Perry Ellis 祝贺 Marc Jacobs 并说这个系列是改变了当代女装方向的经典系列；当年批评他的时尚编辑也说自己当年目光短浅；科特妮·洛芙也表示现在很愿意穿这个系列的衣服。

每个人都有一个兜兜转转、难以放下的梦。

爱恨高跟鞋

几年前，读了蔡健雅的书《TANYA的做作派》中的一篇《改变，从高跟鞋开始》。在开始穿高跟鞋之前，一向中性打扮的她在圈内有“女伍佰”之称。后来她被造型师“强迫”穿了几次之后，就爱上高跟鞋了。她说：“从此它变成生活的一部分，不管穿得多邋遢，脚上还是要蹬着一双高跟鞋。”从开始会穿高跟鞋的那一刻起，她的人生开始慢慢改变了，她踩着高跟鞋唱着独立女人的寂寞、疼痛，从新加坡到台北、到巴黎、到北京，在通往女汉子的路上及时刹住了车，甩掉了“女伍佰”的称号，变成了后来大家所见的充满女人味的蔡健雅。

她写道，有一次，朋友约她吃饭，她特地穿上新买的细高跟凉鞋赴约，“餐厅有个户外阳台，就优雅地走过去感受一下，阳台地板是木头一块一块拼接的，还在开心享受时，鞋跟瞬间活生生卡住，偏偏我的位置就在正中间，旁边都是一桌一桌的圆桌坐满人，所有人是环绕注视著我，所以我完全不可能把鞋脱掉，只好继续笑着脸，站得直挺挺的，假装什么事都没发生，同时赶快call朋友，要她立刻出现。她一到，一脸的惊恐：发生什么事……发生什么事……我不疾不徐的，要她，一定要低调地帮我把鞋拔出来。”

高跟鞋是女人的天使，也是恶魔。它给你骄傲的资格，却又不想看你过于骄傲。它会在你意气风发的时候，突然闪你一下，给你一个下马威。我想很多女人都有过类似这样的窘境，我却没有她这么走运。有次我独自逛街时，细小的鞋跟夹进路边拼接的地砖缝，鞋被卡住留下，人却已经赤脚迈出去一大步。我只能自救，不得不在众目睽睽之下收住往前走路的脚，回到鞋那儿，蹲下，慢慢转动鞋跟把它拔出来，然后再在众目睽睽之下假装很镇定地穿上，继续走路。看似若无其事，但那天下午的时间好像是忽然调到了慢镜头一样漫长，以至于后来，我每次穿上高跟鞋都会诱发“格子砖”恐惧症。

尽管高跟鞋让女人栽了不少跟头，可是女人仍然爱它，并不惜把辛苦赚来的钱大把大把地送进各个品牌的鞋店中。《欲望都市》的女主角 Carrie 没钱买房，却坐拥百双好鞋，在第三季中她被抢劫，苦苦哀求匪徒不要抢走她的 Manolo Blahnik 鞋子。高跟鞋狂人维多利亚·贝克汉姆说：“被人看见我穿着平底鞋对我来说简直如同世界末日。”即便是后来，她因为长期穿高跟鞋导致大脚骨变形需要做手术时，她仍然踩着 12cm 以上的高跟鞋出现在各种场合，她迟迟未作手术的原因是担心手术后再也不能穿高跟鞋了。

我还记得 8、9 岁的时候看过的一部电影《魔鞋》：

长相平凡、事业爱情皆不顺利的女鞋设计师凯莉，喜欢上了公司的创始人同时也是女鞋设计师的萨尔，可对方视她为空气；她设计的鞋子也不被公司看好。在一次偶然中，她帮助了一位落难的妇人。这位妇人不是普通人，她是一个仙女，为了报答凯莉，她施魔法让凯莉设计的一双高跟鞋拥有了魔力，穿上它的人就会立刻变得光芒四射、貌若天仙。有了魔鞋之后，凯莉变得自信起来，她穿着它来到萨尔举办的派对上，一出现就立刻吸引了他的目光。后来的剧情顺理成章，萨尔爱上了她，开始追求她、去了解她。她很享受这段爱情，但心里也觉得惶恐，毕竟不能一直穿着魔鞋生活。她找了一个适当的时机告诉了他真相，而那个时候，萨尔在与她经过了一段时间的相处，已经爱上了她的全部。电视台总是在周日重复播放这部电影，我也跟着看了很多遍，丝毫不觉得无聊。每次看到凯莉穿上魔鞋，从一个普通女人变得光采夺目的瞬间，就让人心生羡慕，很希望自己也能拥有一双这样的鞋子。这大概也是编剧对女人的提醒，要想自信和美丽，就需要一双高跟鞋。对于活在现实世界的女人来说，在没有魔法的时候，高跟鞋就是魔法。

曾有记者在时装周拍到模特摔倒的照片后写稿大骂设计师把鞋子设计得太高。写这稿子的一定不是女人，如果有一天世界上有哪一条法规规定女人们都不能再穿高跟鞋了，那才有可能引发战争吧。

我曾经试图寻找一双“又高又漂亮穿着又不累的高跟鞋”，最初，我总以为我出的钱不够，后来慢慢发现不管你花多少钱，这个世界上根本不存在“又高又漂亮穿着又不累的高跟鞋”这种东西！它让你看起来就有多美，就会让你有多痛！有一次，去香港玩，路过一家鞋店，只是随便往里瞟了一眼，就看到模特脚上有一双 10cm 跟的高跟鞋，我的脚像是被强力胶黏住一样定在那里，直到 20 分钟后我抱着它心花怒放地离开。那时才很深切地理解了某位明星说自己看到一双鞋子就走不动了的感觉，因为觉得那鞋子上面写着自己的名字。这个时候哪怕看到因为穿高跟鞋而使大脚骨变形的照片也不怕了，就像是吸烟的人看到电视上的戒烟广告立刻关掉电视机一样。漂亮的高跟鞋像有某种魔力似的吸引着我们无辜的小脚义无反顾地踏进去，你会发现那是一片全新的世界，自信满满，空气新鲜，好像世界已被你踏在脚下，全任你指挥。

高跟鞋大概是每个女生初长成女人都有的执念。对于我来说，对高跟鞋的执念，已经是比现在更年轻时的事情了。那时候，非高跟鞋不买。而慢慢的，我的鞋跟越穿越矮，越穿越平，这些年，我鞋柜里就只剩下了运动小白鞋和短靴。对于能踩着高跟鞋健步如飞的都市女郎只有心生敬佩的份儿。

今年北京的初春，温度依然很低，在零与零下之间徘徊，穿着毛衣还需要再加一件大衣才能抵挡住初春的寒冷，而商场的橱窗里却已经开始展示新一季的春装了。我看到塑料模特脚上穿着一双鞋面上贴满了橘黄色和黑色的小珠子的绑带高跟鞋，搭配了军绿色的薄款长风衣，都市中又透出一点非洲风情，让人特别想挣脱掉冬日的臃肿一下子进入初夏。可回到现实中来，却又没有勇气对抗室外零下的寒冷。可是，仅仅隔了一天，我就在一条繁华街道的十字路口，看到一位高挑的女郎穿着这一身时装站在寒风中招手拦车。风衣的下摆打在她只穿薄丝袜的脚踝处，令鞋子若隐若现，在一群还穿着棉衣的人群中显得格外神秘动人。哇，到底还是有勇敢的人啊，而我却早就变成一个又怕冷又怕疼的人了。我紧了紧脖子上的围巾想。

拥有一台小小缝纫机

很多年前，我辞掉了一份忙碌的文字工作。

生活突然进入无事可做的平缓。刚闲下来的那几日感觉好极了，就像在水里潜沉了太久的人，浮出水面呼吸到了充足的氧气。每天可以睡到自然醒，醒来后，可以从容地做个早餐，然后去超市购物。以前只有周末才能做的事情——每次去的那家超市，都要排很长的队，而在辞职之后的那段日子里，就只有我和几位老头老太太。

可是无聊来袭。

伍迪·艾伦的电影《午夜巴黎》中，泽尔达对着他的丈夫菲茨杰拉德任性地大叫：I'm bored, you're bored, we all bored.（我无聊，你无聊，我们都无聊。）

每次当我觉得无聊时，她的样子就会缩成一个小人儿在我脑子里叫嚣。

有天，我在看美剧——家境平平的女孩因为买不起昂贵的礼服去参加派对，就自己动手做了一条，并艳惊四座，那些之前瞧不起她的富家女纷纷上前询问这是哪个品牌的新款。这个小小的情节一下子把我弃置多年的“服装设计师”的梦唤醒了。小的时候，我看着妈妈踩着那台老式缝纫机，一会儿就可将一块花布做成裙子，非常让人羡慕。于是当下就决定去买台缝纫机。在网上查了很多资料后，我决定买日本产的 brother，这是一款白色的多功能缝纫机，它有着小巧灵活的机身，还可以设置成各种形式的走针。

我平时喜欢买围巾，围巾是很好配衣服的饰品，哪怕一件普通的衣服，搭配一条围巾，也会显得与众不同。我也喜欢那种被包裹住的安全感。所以，在我有了缝纫机之后，我就开始自己做围巾。我发现，在这“方寸之地”可以发挥的创意竟然很多。

那阵子，我做了很多围巾。有的给自己，有的送给朋友，记得塔莎奶奶说：“亲手做的礼物，相当于一次送两份礼。一份是亲手做礼物的诚意，一份则是礼物本身。”当我送给朋友自己做的围巾的时候，她们那种很惊喜和喜欢的表情，也让我体会到了双重的快乐——做礼物的快乐和被喜欢的快乐。

有一天，我拍了几张围巾照片传到网上，有个女孩发私信说想要买下。不久之后，她就给我发了一张她戴着围巾站在埃菲尔铁塔下的照片；我送给朋友的那条，她去国外做交流的时候也带着去了国外。

她们的认同让我突发灵感，在网上发起一个“让我亲手为你做一条围巾的”小活动——我会根据参与的人的气质为其做一条围巾，每款只做几条，有的款式甚至只有一条，售完便不再制作，定价只有一百块左右，这个价钱差不多只是布料的钱。这个活动吸引了很多人，起初，我以为这样的事情只有女生会参与，但有个男生说希望我能为他和女朋友做一款独一无二的围巾。因为他是法语系的老师，我选了巴黎元素的布料为他做了一对情侣围巾。

我做得很慢，每天只能做一条。为了买布料，每隔几日，我就要从城市的北端跋涉到南端选购布料和各色的棉线，回家后再将各种布料拼拼接接缝在一起，日子过得充实又忙碌。每次当我把包装好的围巾寄出去的时候，想到在某座城市的某个小角落里，有人喜欢这些拙朴的手工，内心便有一种奇妙的满足感。当我在那个无聊的早晨突然记起自己年少时曾经向往的职业，抱着我的小缝纫机回家的时候，并不知道自己随手做的东西会有那么多人喜欢。

两个月后，活动结束了，每个参与的人都陆陆续续收到了专属于自己的围巾。那段时间我总是与我的小缝纫机为伴，在机器发出的轻微的哒哒哒声中把画在图纸上的想法制作出来。

做手工，就像写毛笔字、画画一样，要有一整块完整的时间和不被打扰的空间，先让现实远离自己，重要的还需要有一颗“禅定愉快”的心。而这个期间，我因为在上一份工作中被扰乱的心，也渐渐平静，在机器有规律的哒哒哒声中，原先混乱的脑细胞，好像有了领路人一样，逐渐排列整齐，脑路清晰起来。经过这段长时间的放松后，我也想明白了，我并非不爱一直在从事的文字工作，只是持续的时间久了，需要做点别的事情转移一下再重新投入，做手工就是自己给自己围起来了一座可以休憩的小岛。

很多时候，当我努力去找寻某样东西，却总是找不到；而一旦放下了，它却自动就会出现。就好比某天早晨，我发现钥匙找不到了，手机也找不到了，未读完的杂志也不见了，这种慌乱感让我感觉生活是那么糟糕。而当你放弃寻找，去做别的事情时，你会发现杂志其实就在你手边，一直摊开着在你读到的那一页，只是刚才因为被慌乱迷了眼才没有发现，而当你拿开杂志，你的手机和钥匙也只是被压在了杂志下面。一切又回到了愉快的秩序之中。

那时，泽尔达的声音在我的脑海中开始渐渐消失，我又回到了我一度厌倦却始终热爱的文字里。这一切都要感谢我的那台小缝纫机，是它让我暂时地放下了执念。

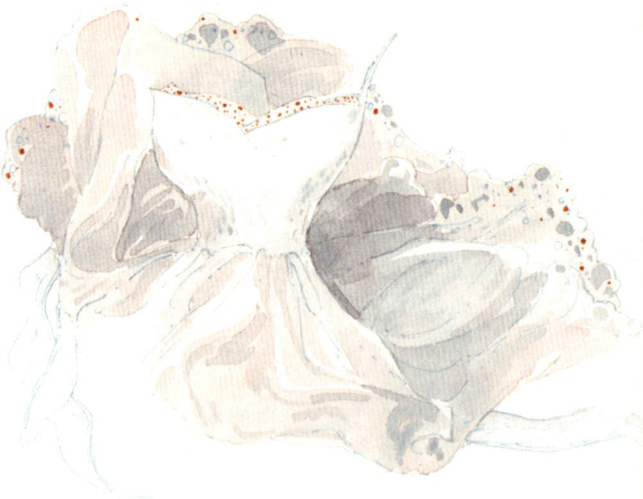

我曾亲手制作过一件婚纱

我在结婚前一个月，才认识我的服装老师 May。

May 的年龄在 40 岁左右，她是一位开朗热心的人，身材苗条，皮肤黝黑，一笑便露出 8 颗牙齿。第一次见她时，她穿玫瑰红色的古着连衣裙，同色系的方头鞋，衬托着略黝黑的肤色，看起来像东南亚人，一开口，却是纯正的普通话。两年前，她从日本回国，除了在服装学校教授服装制作外，还有一家服装店，专门出售日本服饰。她每个月往来东京、北京一次，把时髦的衣服带回来。自跟她的日本丈夫离婚后，她就一直过着这样的忙碌生活。

“你为什么不自己给自己做一件婚纱呢？”当她得知我要结婚的时候问，她的表情丝毫不像是在捉弄我这个不是科班出身，刚来拜她为师的人。

“可是，我现在的技术大概只能缝一条围巾而已。”

“别担心，你只需要用一天的时间来熟悉这里的机器，其余的我会帮你。”她很热心地提议。

我被这个提议吸引，放下手中的画册，认真想她的提议。自己做婚纱这件事，是从小的愿望，可是长大后，便被各种琐事牵绊，渐渐就淡忘了，当想起来的时候，又觉得麻烦。她的提议又把我之前的想法激发了出来，让我觉得“自己动手做一件婚纱”是件那么有意义的事情。

于是接下来的一个月，我一边画设计稿，一边跑去位于郊区的布料市场，一次又一次地抱回大团大团的白纱和蕾丝，原本以为去一两次市场就能搞定所有的材料，最后去了六趟才终于集齐，直至白纱和蕾丝堆满了一整个试衣间，May才拍拍手说：“嗯，差不多可以开始了。”

终于能够坐到缝纫机前开工了，但一想到越来越近的婚期，就有些慌乱，脚下一使劲，一长串的线在应该拐弯的时候直直地冲了出去。哎呀，完蛋了。我停下来把歪掉的线用拆线器拆开，一分钟最多拆1、2厘米，可是刚才那几秒钟至少冲出10多厘米。我很懊恼地张牙舞爪着，她看到我的慌乱，便站在我后面说："女人啊，你慌乱起来，就不美了。"一边说一边就在我身边轻松地旋转着，跳起了芭蕾舞步。她很小就学芭蕾，到现在身段依然柔软匀称。有次，她说出她的年纪，吓了在场所有的年轻女孩子一跳，大家纷纷自卑起来，说，要是我们到了这个年纪能保持得像老师这样就满足了。我转过身看她跳了一会儿，内心渐渐平静，继续坐下来同缝纫机做斗争。这次我学乖了，先用废布料练习。

练习了一两天之后，果然顺手了很多，每道线都能够出现在它应该出现的地方，该拐弯的地方拐弯，该走直线的时候走直线。我的心渐渐平静，开始正式把白纱和蕾丝叠在一起制作婚纱的下摆。当缝纫机经过白纱和蕾丝发出均匀、平静的"哒哒哒"声时，我的内心一阵喜悦。在距婚期还有一周时，我终于把三层白纱和一层蕾丝整整齐齐地缝在了一起。可是，婚纱的上半身又难倒我了，眼看着越来越近的婚期，不知道能不能赶得及。没想到

May 从她的办公间里拿出一件白色宫廷式鱼骨塑身衣，正好是我的尺寸，说："这就是上半身啦！你只需在外面包一层蕾丝，再缝一些碎钻、珍珠上去，然后与制作好的裙摆连接起来就可以啦！"原来这些天，在我忙着制作婚纱的下摆时，她偷偷为我准备好了。

我内心有点感动："哇，还可以这样省力啊？！"

May 说："这就像是你要到达一个很远的地方，如果你觉得走路不可能到达时就放弃了，那就太可惜了。我们可以先走一段路，然后再搭飞机，不一定要一路走到黑嘛！"

May 每次都有些自己的小道理，不过听起来很受用，要不然像我这样笨的学生，大概真的会以为要一直"走路去远方了"。我内心不太相信自己可以做出婚纱，大概就像老师说的那样，很多事情，我还未尝试，就已经否定了。一直到现在，我都是个犹豫且不自信的人。在经历过这件事情之后，我现在已经明白，越是不自信的时候，越是需要埋头苦干，如果担心事情做不好，就一遍又一遍地去修整，多做几遍。

婚纱终于在婚礼前完工。

在婚礼上，妈妈还没忘对她前来参加婚礼的朋友“炫耀”说，这婚纱是她女儿自己做的……引来了她的朋友们一阵惊叹。

我也成了May唯一一个还没学会踩缝纫机就给自己做婚纱的学生。这件婚纱，当然比不上高级定制店里的精致、华丽，可是有意思，有意义。

城市凌晨四点

刚搬了新家，我还睡不习惯，凌晨三点就醒了，在网上乱逛，看失眠的人们分享快速入睡的办法，看着看着反而越来越兴奋了，干脆起床出门散步。凌晨四点的时候走出家门。此时的天空是幽深的蓝色，空气比白天清新，整座城市很安静，偶尔有汽车从身边开过。

顺着马路慢慢走，拐了个弯，看到不远处人影晃动，灯火通明。以为发生灵异事件，走过去一看，还真是一个“鬼市”，原来这是一个花鸟鱼虫早市。平时，这条马路旁边有个临时停车场和一排饭店，现在在这条路的两边摆了一条500米长的集市。集市上的每个摊位都用竹竿支起两三盏大灯作为照明工具。有的摊主面前的大盆里挤满了巴西龟、寄居蟹、四脚蛇等爬行动物；有的摊主面前是用超大的密封塑料袋盛放不同种类的鱼，透明的袋子直径有1米多，艳丽的热带鱼在充满氧气的袋子里缓缓地游来游去，在灯光的映衬下格外美丽。

这样的情景，在凌晨时分，更增添了诡异、神秘之感，让平凡又忙碌的白天相形见绌。我还是第一次见到，鱼是被装在塑料袋这样的容器里售卖的。

失眠的烦恼抛至一旁，人顿时精神了起来，于是蹲在摊位前挑选起热带鱼来。此时天空的颜色比之前的黑蓝更浓了些，呈现出“黎明前的黑暗”的颜色。我买了一袋子红色的小热带鱼提着往回走，另一段路上也挤满了人——这附近曾经有一个村庄，后来，城市规划建设的时候把村子里一块菜园围了起来准备拆迁，周围的房子都已经拆了，只有这个菜园子还没有拆。菜园主人便带着自家产的蔬菜摆了个临时的摊位，时间久了，有些住在此地的小商贩也加入进来组成了一个小型的早市。新鲜的水果蔬菜、在盆子里活蹦乱跳的虾和一直想爬出去的小螃蟹等构成一个鲜活的集市，这些集市只会持续到早晨的6、7点钟。而我每日8点钟之后才出门去上班，看到的永远只是停在马路上的车，行走的人群。却不知道就在一两个小时之前，这里是这样一派生机盎然的景象。

回到家后，困意袭来，上了床很快就睡着了。太阳升起的时候，醒来。若不是看到桌子上充气袋里的热带鱼和盆子里活蹦乱跳的虾，真会以为刚才不过是做了一场梦。

这世界上永远都有人在用与我们完全不同的生活方式生活着。这个城市，无论何时，都有人醒着，都有灯火醒着。

对于住在北方冬天的人来说，旅行是一次解冻

北京是座适合工作的城市，它像一个巨大的工作室。每次从外地回来刚踏上北京的土地，连机场都没走出，工作的气息便迎头扑了上来，迅速将人包裹。从没有哪座城市给我的是这样的感觉。在其他的城市，哪怕是去工作，节奏也会自行放慢半拍，工作的氛围不会时刻聚拢起来。

但不管多热爱工作的人，连续工作久了，脑细胞也会慢慢沉积下来冰成一坨，灵感凝固。而每年年底，北京最冷的时候，我的这种感觉也最强烈。寒冷会伴随着冬日抑郁挟裹而来，大脑无法思考，精力无法集中，那时就只想去一个天气温暖的城市，一个被热浪包围的城市。

那年冬天，我和先生临时决定去西贡。之所以选了西

贡，是因为它是我喜欢的小说《情人》的发生地，也是作家杜拉斯生活过的地方。因为杜拉斯，这个城市在我心中多了一些奇妙的感情。虽然没有去特别了解这座城市，但杜拉斯的小说里描述的那种热带的炎热气息深深吸引了还处在寒冷冬天的我。加上签证办理比较简单，无需过多准备，可以算是说去就去的城市。

我们上午从北京坐飞机到南宁。在南宁，我们还穿着毛衣和厚外套，没有感受到那种期待中的热；当晚又从南宁坐巴士到达河内，也没有感受到那种期待的热；等到第二天又从河内飞往西贡，坐在飞机上，还是不觉得热。难道西贡的冬天也是不热的吗？

我们在中午时分抵达西贡时，我还穿着毛衣，虽然人已经舒展开了，但还不是我期待的那种“热”。我们到酒店里放下行李，在街头的餐馆点了河粉、加冰的桔子汁，直到半个多小时过去了，才忽然发现自己在冒汗。

那一刻似乎周身所有的毛孔都打开了，滚滚而来的汗水把我又赶回酒店，脱下棉衣换上短裙，那一刻，脑海中忽然有种奇妙的感觉——自己被“解冻”了。就像一片泡在热水里的茶叶舒展开了。

原来这一路，我一直想要的就是这种“解冻”的感觉。那年的冬日抑郁终于在炎热的西贡被治愈了。

在你生活的城市旅行

有一年夏天，在离我住处只有10分钟步行路程的中央美院，举办了一场波普艺术展。我很想去看，却一直没有行动。当时就是觉得，反正距离这么近，不用着急。当拖延了一天又一天之后，有天我终于决定去看，才发现展览已从北京移至东京，留我懊恼地在原地打转。

同样的感觉在我离开我生活了两年的城市的时候也发生过。我在那个城市生活的时候，感觉它万分地难以忍受——昂贵的物价、搞不清方向的道路、不顺心的工作等等。甚至连我去看海，都会被涨起来的潮水困住。

当后来我离开那里来到北京，跟新认识的朋友们说起我在那个城市生活过的时候，他们却都很羡慕，因为他们都曾把那个城市当成旅行的目的地。那时我才猛然发现，自己一直坐拥美景却不懂去欣赏。朋友们口中津津乐道的那些老房子、博物馆、整洁的街道、美丽的海岸线、殖民时期的欧式建筑、天主教堂、名人故居等，很多值得一看的事物，都被我一一忽视了。

直到有一天，我决定以旅人的身份重新去认识它，去看一下那些我常常经过的建筑物里面到底有什么。我避开著名的景点，去了一个没有名气的小博物馆看海洋鱼类的标本；沿着上坡的石头路一直走到天主教堂，看一对对新人站在天使的雕像下拍婚纱照；坐在没有游人的海滩上晒太阳，捡到已经被晒干的海星尸体；穿着平底鞋沿着长长的海岸线一路过去，沿路的松柏、法国梧桐充满浓郁的海岛气息，海浪一次次地拍向岸边；站在冬天的礁石上喂海鸥……仿佛初来这个城市的游客一样。

常常是这样，我们意气风发，收拾行囊要出发去看世界，却忘了你所在之处也是世界的一部分。

逛市集

旅行中我最喜欢的事情之一，就是逛当地的市集。市集是未被旅游业包装的地方，是不加掩饰的原汁原味的生活。想要了解一座城市，最快速的方式就是去当地的市集看一看。每次去一个陌生的地方，我就会迫不及待地奔向当地的市集去逛逛。你会发现，无论时光如何变幻流转，社会如何发展，市集却会一直保留着它最初的状态。

有次，听一位同样热衷于逛市集的朋友说，北京有一个有意思的旧货市场，在护国寺。平日里，寺院里很安静，只有每周四开放用作市集，摆摊的人来自全国各地，卖的东西也是五花八门，有瓷器、石头、玉石、老玩具、旧相机、徽章等等，也有人将家里不用的杂物摆出来卖，甚至还有人卖“坠落地球的陨石”，如果眼力好，是能淘到真正的好东西的。要逛这样的市集，就要起很早。那天我们到达的时候，天刚蒙蒙亮，寺院还未开门，但门外已经聚集了很多人，外地的摊主一般是前一天晚上就到了，他们通常会在附近的旅馆中住一晚，第二天一大早拉着盛满宝贝的拉杆箱，来寺庙门口的小吃店边吃早餐边等开门。开门时间一到，寺庙的和尚敞开大门，人们便蜂拥而入——卖东西的摊主抢先冲进去摆好摊，买东西的人也希望自己是第一批淘宝客，能优先于他人淘到好东西。不到半个小时，偌大的寺庙空地上已经摆满了摊位，从正对着大门的小广场到路的两边、凉亭下、走廊上都被各种不同的小玩意儿占据。我们一路走下来，被一个老大爷的摊位吸引了，他摊位上货品丰富又杂乱，有旧手表、旧闹钟、旧相机、旧打字机、旧胸针等等，像是把一个 80 年代家庭的物品都搬了过来。我被一本旧相册吸引，翻开来看，里面还有照片，是两个年轻男子的合影，一个穿白色的确良衬衣，一个穿军装上衣，他们眼神纯净，笑起来都毫不吝啬地露出洁白的牙齿，有种干净清澈的气质。老大爷看我一直在看，就说，这个相册两块钱，拿去吧。我又看了一下，还是放下了，这里面都是日常的生活照片，真希望照片中的人能够自己再找到这个相册并拥有它。最后我从他那里买了旧相机、小木马和一枚旧胸针。老大爷的旁边是卖瓷器的摊位，有一只棕黑色的小瓷瓶在一堆五颜六色的瓷器中显得毫不起眼，但我一眼就看上了它。我想它很适合摆在我工作室的红色松木柜子上，于是把它收入囊中。直到很久之后，有懂古瓷的朋友看到这只小瓷瓶，说这是一件有年代的瓷器。那天，我又从一个穿长裙的姑娘那里淘了一小串红色的玛瑙手串，收获颇多。这些东西，除了玛瑙手串和瓷瓶价格贵了些，其他几件都很便宜，相机和小木马各十块钱，胸针只花了五块钱。

那次逛完之后不久，就听说这个寺庙不再开旧货市集了。它已成为历史，这样的市场也越来越少了，取而代之的是一种被包装过的更精致的市集。

除了逛二手市集，食物市集也是快速探索一座城市性格的场所。

去年夏天，在泰国，我和朋友一行 6 人去了当地的市场。市场隐藏在深巷中，我们一路上，拐了几个弯，走过了几个路口，才踏进市场的腹地。沿着狭窄的小路走过去，两边的摊位前摆了很多刚从海上打捞上来的“不明生物”，卖海鲜的市场开始的早，也结束的早，还没到中午，各个摊位已经销售一空，摊主穿着防水鞋把水倒进路边的下水道中，海鲜的腥味仍然在空气中飘荡，地面上还有闪闪的鳞片。隔壁不远处就是卖水果的摊位，除了一定要买的榴莲之外，从小生活在清迈的中国籍摊主推荐说，泰国的山竹大丰收，让我们一定要尝一下。我们像当地人那样与卖家砍价，以游客的身份体验了当地人的生活。

我们继续向里走，发现了一间小食铺，店主是个 50 岁左右的中年妇女。她的摊位很小，只够三个人坐。我们点了芒果饭和一种类似西米露的甜饮品，尝过之后，大家都觉得很好吃，于是又点了其他叫不上名字的小甜品。我们几个人，坐着的，站着的，这样吃了一碗又一碗，她也一直笑眯眯地给我们盛了一碗又一碗。直到半个小时后，大家才觉得吃好了，过瘾了，不再加了，然后站起来走人，把座位让给后面的人，只留一个人去买单。买完单的朋友追上来，神秘兮兮地说："你们知道刚才我们花了多少钱吗？"尽管大家知道市集的价格会比城市里低很多。"怎么也有 100 多块吧。"我们猜想。他神秘地摇摇头："38。""啊！"我们惊呼："这么多人呼哧呼哧吃了这么多东西，才花掉 30 多块钱？"

这么美好又便宜的市集，更让人喜欢了。

偶遇的快乐总比事先安排的妙

9月份的大理，穿一件短袖T恤和一条牛仔裤刚刚好。我在路边买了一把新鲜的粉莲花，插到租来的自行车上，准备骑到洱海。我此前读过一本关于日本人时间管理的书，说他们就连玩也要定时，几点到几点要玩什么，每一步都计划缜密。可是这样的玩还有什么意思？所以当天我只是朝着洱海的方向骑去，没有规划具体的路线，也不知道要去做什么。骑到半路的时候，看到一群身着蓝黑民族服饰的老人排着长长的队伍在缓缓地往前走着。他们每个人都提着篮子，里面装着水果和其他食物，有的老人腰上别着黑匣子，里面发出曲调冗长的乐声，应该是当地的戏曲。在周围往来的现代游客中，显得有些神秘。队伍中有一个穿着略微不同的黑衣老人主动走过来，告诉我，他们这是要去祭海。于是我放慢速度跟着他们缓慢骑行。

我们经过了一个市集，有几个老人停下来补充了篮子里的食物，又继续走了一段路，然后拐进了一个离洱海不远的村子里。进村前，远远地就听到噼里啪啦的鞭炮声。走近之后，我仿佛进入一个奇妙之境，眼前全部都是穿着民族服饰的男人和女人，只有穿着T恤的我显得有些突兀，但并没有人特别关注到我，都自顾自地忙碌着。他们三三两两地坐在一起，一边把篮子里的食物摆出来，一边口中念念有词；各路神仙的雕像安放在旁边简陋的小庙宇中，男人们就在路边的土路上对着神像烧香、磕头；卖香火的先生正在用毛笔认真地写着符。

这一路上一直陪着我的黑衣老人问我要不请个平安符，我拿过毛笔在香火先生的指导下写下了祈文，又按照黑衣老人的指示闭上眼睛祷告。

做完这一切，我沉浸在这种奇遇中发呆。黑衣老人走过对我说："我要走了，我是个花子，你能不能给我一些钱？”

我在城市里遇到过很多乞讨的人，从同情到习以为常，到后来对他们身份的怀疑，让我不再有求必应。可是眼前这个自称“花子”的人让我觉得特别，我想让我立刻把手伸进钱包的是他一路的不卑不亢的态度和“我是个花子”这句坦率的话。实际上，这一路上，我只把他当成一个热情、有文化的当地人——这一路他不时地给我讲一些当地的习俗。后来，很久以后，我每每想到这段不期而遇的经历时，这个老人都会在记忆里格外清晰——他说：“我是个花子”。这个称呼真是让人回味无穷。

我在旅途中，大部分的时候是个观察者，无法像很多旅行者那样在短时间内跟人热络起来。这大概是为数不多的一次。

乘慢火车去旅行

若是时间充裕，我最喜欢坐着火车去旅行。在晚上出发，经历过一个或者几个夜晚之后，在某一天的清晨天光微亮时到达。人在旅行的时候，总是感情充沛，特别是在冬日的火车向着南方行进之时，从厚棉衣到薄毛衣到长袖衫，随着身上包裹着的衣服的减少，内心也渐渐轻松起来。看到路边光秃荒芜的树木渐渐变成枝繁叶茂的样子，那种感觉犹如新生。

有时候，我甚至希望这列车就这样一直开下去。那些现实中琐碎的小烦恼，被抛至身后，追也追不上来。

在火车上可以度过一段无人打扰的时光，可以借着车厢不太明亮的灯光阅读一本纸质书；也可以拆开一包纸巾，用圆珠笔在上面写字，笔尖在松软的纸上来回，像孤单的路人在雪地上走路。

PART THREE

旧日时光

旧时光是人生的补给站

雨衣

无印良品有一款雨衣，半透明的，远远看去有点浅浅的乳白色，与我小时候穿的款式有点像。

我上小学时，每逢下雨天，妈妈就会让我穿一件浅绿底色上印着三叶草图案的半透明雨衣。那时候，同学们都撑伞，很少有人穿雨衣，我觉得雨衣好丑，很羡慕撑伞去上学的同学，也因此讨厌下雨天。小时候，总会羡慕别人拥有的东西，哪怕那件东西还不如自己的好。但当时妈妈坚持不给我买雨伞。

在穿衣和发型方面，她有独特的审美，她永远都给我剪齐刘海妹妹头，永远都不给我买同学间非常流行的衣服款式。在小学和中学，穿衣服很容易一阵风，什么衣服流行了，大家就都买来穿。我也常常央求她给我买时下流行的款式，但是她从未答应过。现在想来，真是万幸。

我长大后，就很自觉地避开潮流按照自己的审美趣味购买衣物，就是从小受她的影响。

当我在香港尖沙咀闲逛到无印良品的店铺，看到这款雨衣，想起曾被我嫌弃过的那件，忽然觉得当年小小的我穿着它在雨中往学校奔跑好有范儿，就买了一件。

我已经有超过十年（下雨天）不穿雨衣了。

猫眼石和圆珠项链

直到现在我还记得我小时候得到的两件首饰。一件是姥姥送给我的一串用小粒蓝色猫眼石串成的手链。那时的夏天傍晚总会下雨，每个周末，她会给我在手腕系上这串猫眼石，戴上粉色镜片的太阳镜，给我打扮一新，在下过雨后的傍晚，牵着我的手走过因河水暴涨而快要被没过的桥面，把我送回父母家。无聊的时候，我会把它放到嘴边轻轻撞击牙齿，听它们发出细小清脆的叮叮声。

另一件是舅母送给我的一串玫瑰红色的圆珠长项链。那时的舅母二十六七岁，是个追赶时髦的人，有很多漂亮的衣服和首饰。有一天我去她家玩，刚好看到她对着镜子把这串项链叠成三层放在额头上模仿古装剧中人的样子比划着，见我进来就给我套在脖子上送给我了。它可以在我的脖子上绕三层，非常华丽，我视若宝物，无论穿哪件衣服都戴上它，一直戴到上小学。

上小学后，母亲开始严厉起来，我的长头发被剪短，饰品被没收。到了中学愈加严厉，一套衣服不穿两天以上不能换。有次，我看到其他女生戴项链，也去买来戴，被妈妈看到后没收了。那些年的管教，把我变成一个对化妆品、装饰品反应冷淡的人。直到我 18 岁以后，妈妈才第一次送给我首饰，那是一枚雕花的银戒指，这枚戒指唤起了我的爱美之心，它似乎代表着我被允许装扮自己了。我一直戴到断裂才把它收进盒子里。

我的耳洞是在工作了一年后才穿的。那时，我刚与分散了多年的初中同桌联系上，她是我的文字启蒙老师——她爱写诗，写满了一个笔记本。有天晚上，我无意中读了其中几首，便喜欢上那些朦朦胧胧的句子了，就向她借来，等到下了晚自习后回家读。她递给我的时候有几页是用胶带粘住的，并告诉我："这几页不要打开看。"我虽然答应了，但是好奇心驱使，回到家的第一件事就是打开那几页先读了，那些被粘起来的诗歌是写给她暗恋的男孩子的。第二天，她接过我还的本子问我：“你读了我粘住的那几页了吗？”我一秒钟也没有抵赖就招了：“是啊，并且是先读的那几页。”这大概在她预料中，她非但没有生气，从那以后我们还成为无话不谈的好朋友。多年后，当我们辗转又重新联系上，她听说我刚辞掉一份工作，就说：“你来我在的城市工作吧，我觉得这里更适合你。”我没有做太多考虑，就开始投简历，最后确定入职的公司离她工作的地方只有一刻钟的路程。虽然隔了几年没见，但一开口交谈，我们都庆幸彼此内心深处的东西并未改变太多，因时间拉扯开的缝隙，在见面后不久就快速收拢了。

她比上学时成熟了一些，穿深色的职业套装，戴着闪闪的小颗钻石耳钉，很是漂亮，我便让她也陪我去穿耳洞。尽管很早之前我就对此事蠢蠢欲动，却一直没有付诸行动，可能最大的原因是少了一个陪伴去做这事的人。之前，我以为穿耳洞是件很简单的事。小时候，住在姥姥家的时候，看邻居的老奶奶用一根缝衣针就麻利地给她的孙女穿了个耳洞，小女孩也不痛不哭。但当穿耳洞的枪抵住我耳朵的那几秒，我几乎崩溃，并且第 2 天耳朵就肿了，肿成半透明状，洗脸的时候要小心翼翼地避开，不能沾水，怕感染，也不敢轻易洗头发。但头发终究还是要洗的，她便每隔两天去到我的住处，帮我洗，一直洗到伤口不再发炎了，我们才同时舒了口气，然后迫不及待地一起去选购耳环，就像回到了学生时代一起分享一本诗集的时光。

曾经，舅母不知因为何事突然离家，远走他乡，再有消息的时候，却是铁了心的要离婚，任谁也劝不回头。几年后，她突然又回来了。我在亲戚间一些断断续续的聊天里拼凑出了她当时的处境，大概是经历了一次感情的挫折，在大城市的工作也不顺，言语闪烁间，想寻求舅舅原谅。她从千里之外的城市回来，依然给我带了礼物——一套睡衣和毛绒玩具熊，那时候，我已经 15 或者 16 岁了，可能在她心里我还是小孩子的样子。晚上，她住在我们家，讲了很多小时候我在她家玩的事情，讲到开心处，就笑，可是谁都看得出，这些年，她过得并不好——原先饱满的皮肤失去了光泽，眼角也有了深深的纹路，那些不如意的生活从最里面侵蚀了她的容貌。

可很多事情早已无法挽回，舅舅自然是没有原谅她，她住了几日，便离开了。临走之前，终究掩饰不住失落与悔意，趴在我妈妈的肩头哭了起来。我想到小时候她帮我梳完头发后，一边给我整理歪掉的项链，一边哼着“青春不解红尘，胭脂沾染了灰”……往日的画面从我脑子里跳出来，而我对她的命运却无力插手，站在她们旁边也默默流下眼泪。

我们家的人都没有指责过她，反而很怀念当年相处的时光，常常提及的是她对每个人的照顾。也许那时年轻的她，还一时无法应付婚姻中无聊的那部分，做出了任性的选择。我也未提及过她送给我的那串项链是我记忆中多么美好的一件事情，也许她早就忘记了，但我一直保留着它，就收藏在我的“百宝箱”中。有一天，我的小侄女翻到我的抽屉，看到那串珠子，用稚嫩的声音问我："姑姑，这个可不可以给我？"我摇摇头："这个不可以。"那次见面之后，舅母再次消失，从此关于她的消息更少了。我想我和她见面的机会不会太多了，大概这串旧珠子是我们仅剩的联系了。我拿出一只巨大的蝴蝶结送给小侄女，她欢天喜地地跑出去玩了。

我的同桌后来也不再写诗。她嫁人，生子，得过产后抑郁症又自愈，成为一个温和的女人，儿子成为她的一切。我也离开了那座城，来到北京生活，习惯了一个人去做很多事情。人的年纪越来越大，便越来越难有新的朋友，心渐渐缩成一块坚硬的小石头，不再像年少时那样容易接受一段友情。

姥姥在我初中毕业那年去世了，去世前她患了阿尔茨海默症，记忆变得模糊。在生命的最后一段时间里，无论是谁去看她，她都只叫我的乳名。很多年以后，我在香港书展上看到一本西班牙绘本《奶奶渐渐忘记我了》，这个绘本只有十几页，讲的是小女孩卡蜜拉的奶奶得了"阿尔兹海默症"后，慢慢忘记她的故事，那种感觉就像眼睁睁地看着一个人在你面前沉入海底。读完，我站在灯光璀璨的大厅里簌簌落下眼泪。

我们迷恋一些旧事物，也许只是怀念生命中某些时刻陪伴着我们的人。人每长大一些，审美就会改变一些，配饰的风格也从青春期的夸张鲜艳趋于平和自然。回头再看那些过于夸张的、质感低劣的饰品，就像看一个人的前半生一样，虽不完美，却是人生抹不去的一部分。

对于时光的流逝，世事的变幻，我常常觉得黯然，但又总忍不住,不时地将这些时光里的电影拿出来播放一下。

与母亲一起贴一本手工相册

母亲年轻时是个标准的文艺青年：她烫着时髦的卷发、穿刚过膝的百褶裙和半跟小皮鞋，手挽一只红色小皮包；她有很多笔记本，有的写日记，有的写了名言警句，譬如“谦虚使人进步，骄傲使人落后”“书是人类进步的阶梯”；她很爱美，用上海产的“霞飞”雪花膏；她听邓丽君，在大录音机上用磁带播放邓的歌并跟着轻轻哼唱，偶尔卡带了，她会拿着六棱柱的铅笔把棕色的磁带卷回去；她爱照相，每年都会带我去几公里外的照相馆照几张相；她有一套水晶玻璃酒杯，倒满酒就可以看到里面的美人头像；她还有一台暗粉色的留声机，里面常常传出欢快的《泉水叮咚》，“泉水叮咚，泉水叮咚，泉水叮咚响……”；她会唱歌，周日的午后，在学校空下来的琴房里，她踩着老风琴教我唱：幸福在哪里，朋友啊告诉你……那是 20 世纪 80 年代，她的工资很少，却把日子过得有滋有味。

现在想来，小时候的事情就像是前世的记忆那么漫长和恍惚。那个年代的很多东西都淘汰掉了，只有照相本子还在。

那时候，照相机在普通人家并不普及，拍一张照片不像现在这般方便。小时候，我住在姥姥家。有一次，家里请来了个拍照的人，姥爷张罗着一大家子人——姥姥、姨妈、舅舅、舅母去拍照。那天妈妈已经去上班了，我只记得她把我的漂亮衣服留在舅妈家了，我于是一路小跑着去换衣服，换好后再气喘吁吁地跑回来，默默地等着大人们轮流拍完，当我觉得自己等了“一个世纪”那么长好不容易要轮到拍我的单人照的时候，胶卷用完了，我呆呆地站在那里，直到所有人都走开了……那种失落的感觉，我到现在还记得。后来妈妈听说此事，跟姥姥大哭了一场，觉得我没有被重视。后来，每当我生日或者“六一”儿童节的时候，母亲便会带我去拍照。有时候是去离家几公里远的照相馆，有时候是借朋友的相机带我在学校附近拍一整天——她教书的学校前面是一片麦田，路边还有一条河，河里有鸭子戏水，河岸有牛在吃草，是一派优美的乡村景色。

那时的照片要么是黑白，要么是染色的，染成粉白、粉红、粉蓝的颜色就算是彩色照片了，相纸的表面是“雾面磨砂”效果，四周被裁切成锯齿状。每当取回照片的时候，母亲便会在背面工整地写上某年某月某日于某地拍摄，四周加上护角，镶到一本以黑卡纸为隔页的绿色照相簿子里。我长大后，她便常常拿出来，看，这是你几岁时的照片，每一张都记录得清清楚楚。

那个时候，亲戚间流行互相赠送照片，去了谁家先是翻照相本，临走时再带走一些，回家后放到自家镜框或相册中。几乎每家都有个镜框，里面镶满了亲戚们的照片，有的离得比较远，小孩每长大一些还会给远方的亲戚邮寄，我们家的照片也被拿走了很多。

后来，拍照就变成一件很普及的事情。洗出的照片也跟从前不太一样了，由锯齿状的边变成普通的5寸照片，没有人再给照片染色，因为已经能拍出真正的彩色照片了。照相簿子也不再用黑卡角贴的了，是可以直接插进去的塑料保护膜，亲戚间也不像往常一样互相拿照片了。我离家去别的城市上学，有次假期回家，母亲向我展示她从亲戚家要回来的我的照片，她说她只要去亲戚家就会把之前被他们拿走的照片要回来，要知道，我们家的亲戚离得都不是很近，有时候一年才能见上一两次面，就这样，她竟然陆陆续续地把大部分流落在外的照片都收回来了，小心地放在一本墨绿色的老相册中。后来拍的，都被放进一个大大的“现代相册”里。

我在决定来北京的前几天做了一件愚蠢的事情。我想，当时我一定是魔鬼附体了，竟然把老相册里的照片一张一张撕下来装进了牛皮纸袋子里，带到了北京。现在想来，当初，为什么我不直接把整本相册带在身边呢？如果这世界上有一件是我要后悔的事，那就是我亲手毁掉了那个相册。后来我在北京搬了几次家，有一天我想到这些照片的时候，却绝望地发现那个牛皮纸袋子也不见了，怎么也找不到，那里面除了我幼年时的照片，还有很多母亲和她友人的照片……我等于弄丢了母亲的青春年华和我前半生的记忆。我在脑海中回放它们可能被放在哪里，但是记忆像是被清除了一般，每次回放到“我把照片装进牛皮纸袋”这个动作就卡住了。后悔像一把利剑慢慢穿过我的心，有时候，我在半夜醒了突然想到这件事便睡意全无，有时候还会懊恼地流下眼泪。我不敢想象母亲知道这件事会怎样，她肯定不忍心责怪我，自己在心里默默难过着。直到有天我假期回家，鼓起勇气试探着提起照片的事，她说：“你要那些照片吗？都在这里呢，我收起来了。”一边说一边去柜子里拿出来，说：“你看，当年被你二姨拿走的，你6岁时的我也要回来了，她还不愿意给……”

啊！我听到这个消息是多么高兴啊！比听到任何好消息都高兴！天晓得这件事一直以来是怎样折磨着我的内

心。原来是我的粗心，在最后打包的时候，装照片的牛皮纸袋没有装进行李箱，母亲就把它们收起来了。

前几天，我在网上找到一家专门卖老式相册的店铺，订制了一款暗红色硬壳相册。想再找到跟从前一模一样的款式是不可能了，就算能买到模仿得一模一样的，那些磨损的岁月痕迹也无法仿造。几天之后，母亲在电话里说：“今天收到一本华丽相册。”我对她说：“收好吧，等我回去，我们一起贴。”

一家人围坐在一起，听父母讲小时候的荒唐事

我们家的人平日里都不太擅长表达感情，母女间也是如此。特别是逐渐长大，上了小学以后，我便不像以前那样粘着父母了。我 17 岁左右的时候，在外地读书，有一天，我陪同学去车站接她妈妈，她们一见面，同学就冲上去搂住她妈妈的脖子并在脸颊上狂亲了几下，看得我很羡慕。而我妈妈也来学校看过我几次，我们顶多是挽着胳膊走回宿舍，这已经是我成人后，我们母女间最亲密的举动了。

可是，也总会有例外的时候，那就是每年回家过年的时候。这个时候，家里的氛围会比平日放松。一家人在吃完晚饭后，也不会离开客厅去自己的房间，而是围坐在一起开始聊天，往往聊着聊着就开始讲我和弟弟小时

候的趣事。

我是我们整个家族的第一个孩子，所以，我出生后，在还没有结婚的几个姨妈舅舅们的眼中便成了稀罕物。他们都抢着要抱我。那时候，小姨年纪最小，总是抢不到抱我的机会，就很生气。她提议大家用“剪子包袱锤”的猜拳方式来决定，谁赢了谁抱，但她又总是输，有那么几次，她输得直哭。如果父母不告诉我这些，我都不知道我还有这么受欢迎的婴童时期。

在面对“我是从哪里来的”这个问题上，父母也给我们编了故事，比起我是从“垃圾箱捡来的”，我弟弟的故事显然比较精彩。在我妈告诉他一个模糊的开端之后，他自己添油加醋地编了一套比较完整的身世。他说，有一天，爸爸和妈妈一起去海边散步，在海滩上看到很多巨大的蚌，但只有一只是打开的，里面站着一个小男孩在向他们打招呼，那个男孩就是他。于是，他们就把他带回家了。编着编着，我弟弟自己就入戏了。他从小就认为自己是只“蚌精”，有次还因为我妈没有给他钱买零食，扬言要回到他的贝壳世界，去同他的小伙伴们一起生活。并且每次家里来了客人，他都会缠住客人讲他贝壳时期的生活，客人也会配合着问他：“那你在里面都吃什么呀？”“沙子呀，我的胃是能吃沙子的。”他很认真地说。

等到再长大一些，他看电视剧《小龙人》，有一集演到小龙人因为有一条长尾巴，在人类世界活动时很不方便，为了不被发现，他只好穿了宽大的袍子来遮挡尾巴。我弟弟开始担心自己也会长出一条不方便的长尾巴。有一天，他将这种担心告诉我妈，妈妈说：“如果你觉得屁股痒，就马上告诉我，我给你抹上酒精消一下毒，尾巴就不会长出来了。如果是后背痒，那就不用告诉我，那是要长翅膀了。”后来他的屁股痒了几次，都被妈妈用酒精给“压”下去了，他才放心。但是他却开始期待长翅膀这件事了，想着如果自己有了翅膀，就不用等到父母放假才能去几公里外的外婆家了，自己就可以独自飞去，并且还想象到自己降落在院墙上，把从屋子里走出来接水的外婆吓一跳的戏码……

还有很多很多我们成长的故事，多到可以写一本书。这些故事每年都会被父母拿出来讲。他们那个时候也是爱幻想的年轻人，才能编出这么多好玩的故事给我们。这种笑声，在我们长大后，有了学业的压力，也同时在经历叛逆的青春期的那几年，就渐渐少了一些。后来大概是父母看到我们都已长大，并且都在做着自己喜欢的事情，便不用再像之前那样担心我们的学习和工作，所以，紧张的内心才又放松下来。

每次听父母讲这些，我和弟弟都会问："是真的吗？我们怎么都不记得了？"因为那些故事听起来好笑又荒唐，平日里严肃的父母却把每个细节都记得清清楚楚。

在大城市生活久了，人与人的关系礼貌而疏远，无事不登三宝殿。只有回到家里，才能卸下防御，享受到这种纯粹的天伦之乐。虽然在平日里，与家里人只是平淡地互动，但总有一些小细节让你觉得你的背后是有人支持的。每次想到"大家争相抱我"的情景，就会想：哦，原来我曾被这么多人宠爱着的啊！这样想着，感觉人生路途中，腰板又坚挺了一些。每年这样的时候，我都会感觉自己像是一架在空中飞太久的飞机，此时降落到机场检修、加满油，整装待发。

姥爷的战争

每年春节，全家人围坐一起吃团圆饭的时候，姥爷都会讲他年轻时当兵的故事。前几年，他给女儿、女婿、儿子、媳妇讲，再后来就给外孙、外孙女、孙子、孙女讲，他们听的多了，慢慢不爱听了，就都会躲起来。我小时候不懂事，也常常会跟着大家躲起来。直到我结婚后，家庭的聚会中多了一个人——我先生。我姥爷有了新的听众，就开始跟他讲，幸运的是，我先生极爱听那些故事，不但爱听，还爱提问，我姥爷如遇知音。那年的春节，姥爷特别欣慰。我也会一同坐下来听他讲，也因此，我才知道他参加过解放青岛的战争，还差点参加了抗美援朝战争。

讲到解放青岛时，姥爷还用着年轻时的词汇说——“上级安排战士们看电影，战士们很欢喜”。我才知道，那么艰苦的年代，军队还关注士兵们的精神生活，士兵们还能在战争的间隙中看场电影；讲到吃着“苏联老大哥赞助的酸面包”，姥爷皱紧眉头说“吃不惯”，好像那不好吃的滋味还留在嘴巴里。我问他有没有照片可看，他的神色黯淡下来，他除了一张战士证上的军装照片之外没有留下任何影像的东西。那个年代拍一张照片实属不易。妈妈说，小时候见过姥爷穿着军装扛着枪的照片，英姿飒爽，可是不知道从什么时候开始那张照片就不见了。

随着年龄的增加，姥爷的记忆已是碎片化，有很多细节都记不住了。我很后悔，小时候的我那么浅薄，没有好好听他讲年轻时的经历。我只能去想象他所描述的画面——战士们在鸭绿江边“扛着枪，在江边走过来，走过去”待命的画面。战争真有这么诗意吗？可是姥爷讲起来的时候，丝毫不见痛苦，精神比平日振奋，态度也柔和起来——姥爷上了年纪后，脾气变得很暴躁——但唯有这个时候，丝毫看不出他是个脾气不好的老头。

大概是时间淘光了他记忆里的沙，给他留下了闪耀的金子。

与动物有关的幼年时光

我小时候跟姥姥住在一起，现在看来，那时候的我是个胆小又愚昧的小孩，常常独自捧着小人书坐在高大的红色木头椅子上读。那椅子的边角已磨得发亮，旁边是一张棕黑色的木头桌子，像浓咖啡的颜色，桌子的上方悬挂着一面巨大的镜子，镜框是雕花木头，上面漆了红漆，镜子的右下方画了牡丹花，旁边还写了字，忘记了具体是什么字，大概是“幸福之家”之类的。我就坐在那张斑驳的椅子上看《孙悟空三打白骨精》，姥姥家的大黄狗就趴在不远处。在我的印象中，它永远都在睡觉。那时，我识得一些字但是不多，只记得孙悟空老是戏弄猪八戒。故事里讲到，有一次，猪八戒踩到西瓜皮摔到了，孙悟空说了一句“活该”。我当时不认识“该”，但是已经认识“孩”字，有那么几天我就反复琢磨着这个“活孩”是什么意思。

我从小就胆小，害怕天黑，害怕在很多人面前说话，害怕邻居家的黑狗，甚至害怕姥姥家的大白鹅——每次进家门之前，我都会先在门口大喊一声：“姥姥，我回来了！”然后等她出来把我领进去，我侧着身子走路，眼睛偷瞄着大白鹅，看它像个骄傲的将军一样在院子里巡视。我却不敢正视它，战战兢兢地走着，生怕它突然跳起来啄我一口。直到有一天它误食老鼠药死掉，我的噩梦才结束，但从此每次回姥姥家，没有大白鹅巡视的院子却显得单调了。

但不久，邻居家的一只巨大的黑狗就代替了大白鹅。我去姥姥家必须先经过一个邻居家。平日里，他们家从不关门，两扇门就像打开的字典那样敞开着，他家的大黑狗就潜伏在门后，每当我走到他们家门口的时候，它便会“噌”的一下蹿出来，热烈地亲吻我的手，每次我都觉得下一秒马上就要窒息了，然后左邻右舍就会听见一个小女孩尖锐的叫声。我想那是我长那么大以来发出的最大的声音。有时候，我远远地看见他家的门关上了，就放松地往家的方向走，但是那只大黑狗却总能出其不意地从路边的某处蹿出来。如果当时四下无人，尖叫也拯救不了我的时候，我就会拼命地往前跑，那狗看到我跑也会拼命地追，大约追个几十米它就不再追我，意兴阑珊地回去了，几乎每次，都是我赢，这对当时那么瘦小的我来说真不是一件简单的事情。

初中体育测试，每次当我跑800米不及格的时候，总会想到那条大黑狗。但是大黑狗早就死了。邻居说，有天夜里，它突然变得狂躁，冲进屋子里死死地咬住一根电线，最后触电而亡了。我知道后，一方面舒了口气，另一方面心里却又隐约地难过。它从来没有追上过我，我不知道为什么它每次见到我都表现的如此热烈，它追上我之后是想咬我一口呢？还是只是为了表示亲昵？这些我都没有办法去考证了。

强悍的鹅和捉摸不透的黑狗给我的童年留下了两段惊

心动魄的时光。

每一个孤独胆小的人，想象力都非常丰富，所以晚上的时候我不敢抬头看天空，那些在白天看上去洁白飘逸的云朵到了晚上就会变成张牙舞爪的魔鬼。偏偏我又是那么喜欢看天空，有时候，一不小心抬起头便会看到云彩变成一道道人的肋骨样排列在天上，我觉得自己好像置身于魔鬼的腹下，随时会被吞掉。天空如此巨大，那种恐惧的感觉无处可藏，好像要随时压下来。这种恐惧的感觉，在夜晚的海边也曾有过，看着大海，觉得它忽然阴暗起来，有那么一瞬间，我担心它会翻过来，把我淹没。于是我就飞快地逃跑，就像邻居家的大黑狗还在后面追赶一样。

好日子里总有一只猫

姥姥爱一切动物，在她家不大的庭院里，养了两只狗、两只猫、三四只鸡，还有一群鸽子。我每次回家都会看到她穿着她的花团锦簇的衣裳站在院子里给它们喂食——姥姥喜欢一切艳丽的衣服。我常常幻想我理想中的老年生活，大抵也是这个样子。

上小学时，每年的暑假，我都会去姥姥家住几天，晚上睡在搭起蚊帐的小床上，门外，狗在看家，鸡进了鸡棚，鸽子栖息在屋顶上。

百无聊赖中，总有两只猫陪着我度过漫长的夏夜——它们看到我要睡觉了，总会赖着要挤进我的蚊帐。

姥姥家的门是那种老式厚重的木头门，即便是关上也会有个很大的缝隙，足够猫钻进来。每次我都先用香肠把它们哄骗出去，把蚊帐塞好。可很多时候，就在我钻进蚊帐的一瞬间，它们已经以快到不可思议的速度先钻了进来，然后一脸得意挑衅地看着我。我只好再把它们一只一只抓住扔出去，独自坐在蚊帐里得意地看着它们，互相挑衅。

有一次睡到半夜，我被惊醒，发现其中一只猫不知什么时候已经跳到蚊帐上面了，肥胖的身子把蚊帐压得很低，我稍微一起身，鼻子就碰到了它的屁股；而另一只，则在床底下助跑，也尝试着跳上去。但因为太胖，每次都以只能跳到蚊帐的侧面然后滑下去而告终。我被打败，掀开蚊帐请它们进来，它们便停止闹腾，趴在我身边呼噜呼噜睡着了。

有人说猫有两种，一种特别粘人，一种特别孤傲。我却还遇到过第三种、第四种。其实严格来说，每只猫都有其性格。

有一晚，我和男友看完夜场电影走路回家，那已是11点多，正走着，忽然从树丛里跳出一只白猫，一路跟着我们。一开始，我以为它只是顺路，可是它一直跟着我们，走过一个路口，拐了一个弯后还是继续跟着我们，甚至一度还跑上前来蹭我的腿。

我有点激动了，脑子里浮现出种种神奇的传说。也许，猫族发现我是它们的公主，派一只猫在月黑风高的夜晚接我去见我的子民……可是停下四下张望，暗处并无猫眼闪烁。又想，也许，它只是普通的流浪猫，想要一个温暖的家。我停下来，它也停下来，我看它眼睛，它也看着我，我心生慈悲，连忙把手中吃得只剩半截的烤肠递给它，它心满意足地吃完，还是不肯离开，我悄悄对男朋友说："我们收养它吧，这是多么大的缘分能让一只猫一直跟着我们不肯离开啊。"然后，我让男友守着它，自己跑到 20 米外的便利店买了一包吞拿鱼封鲜包，狂奔回来，生怕自己速度太慢它就走了。

我找了片树叶把吞拿鱼挤在上面看着它吃，它很快吃完，然后伸了个长长的懒腰，我拍拍它说："走吧，咱们回家。"谁知它激烈地反抗了一下，噌地就钻进了路边的树丛，消失在昏黄的路灯灯光里，再也没有出来，只留下两个目瞪口呆的人站在深夜的路边，树叶上沾着的猫食把我从童话的幻境中惊醒过来——我们被一只猫耍了。

可猫是那种无论做错什么事情你都不会生它气的动物，一转念顿时又觉得“猫生”不易，有的猫因生得好，天生就能衣食无忧；而有的猫沦落街头，就只能靠耍点小伎俩才能谋生。

猫就是这样一种神奇的动物，总会给人一种“它爱你”的错觉。

我小时候也养过一只猫，是一只黄白相间的小花猫。爸爸朋友家的母猫生了一窝小猫，太多了，就送人，他就带了一只给我。我给它取了个名字，就叫“小猫”。“小猫”每天吃饭的时候，就跳到我的腿上，我吃一半，分给它吃一半，我妈说我简直要跟它共用一只碗（那时候我们也不懂科学养猫，总给它吃人的食物）。

晚上睡觉的时候，它就会跳到我的胸口，我有时候被它压醒，就把它拎起来放到臂弯处，可是第二天醒来，发现它又不知什么时候爬到我身上了。它渐渐长大，长成了一只脾气暴躁又多动的小猫。

我同学来家里玩，它就会追着她去抓她的手，无论她把手放在哪里它都拼命跳起来去抓，最后同学招架不住，只待了几分钟就走了；我表弟假期来我家玩，也被它抓到双手流血，最后不得不去打疫苗。后来，我爸生了一场大病，我和妈妈每天都在医院焦急地等待、无助的守护，有时候一两天都没办法回一次家。

直到有一天医生跟我们说爸爸的病情已经非常严重了，严重到需要进重症监护室。爸爸进重症监护室的那天，我回了一趟家，把为爸爸熬的草药全部倒掉，多日的疲惫和没有希望的事实让我心灰意冷。我没有开灯，趴在床上哭了起来。在黑暗中，我感到有个毛绒绒的东西就在我的脸边，当我睁开眼时，正看到它抬起小爪子试探着拍打我的脸。

在那个令人绝望的似乎没有尽头的黑夜里，一只暴躁的小猫却收起了它锋利的爪子，给了我莫大的安慰。我在黑暗中握着它柔软的小爪子，渐渐停止了哭泣。从那以后，它似乎也不那么暴躁了。

爸爸去世后，我离开家去了外地工作。有一天妈妈打电话说，小猫走失了，找了很多天也没找到。它再也没有回来。

此后我虽然一直爱猫——这些年，因为喜欢猫，我策划了很多猫主题的书，也采访了很多世界各地养猫的音乐人、设计师、作家、画家们，与他们谈论猫在生活中的乐趣，看着他们给我发的文字图片，那种被治愈的感觉总是不断涌上心头，但我自己却没有下决心再养猫。

直到去年，我去一个朋友家玩，她养了一只布偶猫，我跟她的猫玩得不亦乐乎。朋友见我爱猫，执意要送我只猫。她的朋友在外省经营一家猫舍，那里有很多待领养的猫，她便联系了朋友为我领养了两只因主人出国被送到猫舍的猫——一只奶牛加菲猫和一只小橘猫。猫舍的主人说，这两只猫必须要一起养，因为它们从小一起长大的。看照片时，我觉得它们也没有什么特别的，甚至还推脱说还是不要了吧，但朋友特别热情，我就接受了。

那是一个冬天的早晨，两只猫坐了一夜大巴，从郑州来到北京。我和先生开车去约定的地点接了猫。我们刚把箱子打开，两只猫就迅速钻了出来，加菲猫占据了我的副驾驶位置，趴在座位上玩了一会儿就沉沉地睡着了；小橘猫则站在后面的座位上扒住椅背看着我先生驾车。我只好坐到了后排的座位上。回到家后，我以为它们会钻到沙发底下待一两天才敢出来活动，但它们一点也不生分，一进家门，就先去为它们准备的猫砂盆里撒了泡尿。然后，加菲猫就开始东瞅西嗅地熟悉起这个新家，小橘猫跟在后面，两只猫走走停停，探访了房间的各个角落。巡视完毕，加菲猫回到我脚边一骨碌倒下去，向我露出肚皮求抚摸，好像也在向小橘发出“这个家我已检查过，安全！”的信号，小橘猫本来还有点怯怯的，但这时也歪着头去蹭我先生的腿。我也明白了为什么猫舍主人执意要让我们把两只猫一起收养的原因，原来小橘猫是依赖着加菲猫的，加菲猫去哪里，它就跟到哪里，看到加菲猫向我们示好，小橘也放松了，俨然一个跟班小弟。这时，我看到加菲猫的脸上有一道道褐色的痕迹，我以前不熟悉加菲猫这个品种，以为是它在车上被蹭伤而流的血，后来才知道，那道泪沟是它天生的缺陷，会不时地流出褐色的液体。我们顾不上它旅途劳顿，简单收拾了一下，就准备带它去宠物医院。那时候我还没有来得及买外带的猫包，就徒手抱着它下楼。从门口到车位的路上，有几个小孩子在玩耍，吵吵嚷嚷的，加菲猫突然暴露在室外，被这吵嚷声吓到了，惊慌中挣扎了一下，反手紧紧地搂住了我的脖子。我之前从未被猫搂过脖子啊，那一刻，我又激动了，我与猫失散了多年的感觉又重新连接上了——这就是我的猫了。

我们努力追求的，其实是我们最初所拥有过的生活

外婆是个做饭高手，妈妈则不是。在我 7 岁时，父母决定让我正式跟他们住在一起。外婆将我移交给他们的时候有诸多的不放心，她叮嘱我妈妈，每周至少要带我回去一趟，让她做顿好的给我吃。外婆做得一手好菜好饭，即便用家附近的小山坡上采来的野菜也能制作出一顿美味。她年轻时走南闯北，因为会做粉条，被不同城市请去传授制作粉条的技术，所以，在那个物质不算充裕的年代，我们的日子过得还算富足。

我们每周日回去看她，这一天，便成了她最忙碌的一天。

外婆有一片自己的菜园，需要穿过村庄，再经过一条小河，步行走十五分钟左右才能到达。她在那里种了西

红柿、黄瓜、茄子、豆角、胡萝卜、白菜等常见的蔬菜，在菜地的另一角落，她还开辟出一小块土地种了一片月季花，在一大片绿油油的蔬菜中开得姹紫嫣红。到了冬天，她会把菜园里收获的胡萝卜、白菜埋在地窖中储藏，并把其中一些放进一个大缸里腌制成咸菜；豆子们则被做成酱豆，它们被封进一个陶制的大坛子里，到了可以拆封的时候，就打开层层包裹的坛口，先用筷子挑出来看，如果豆子之间拉着长长的粘丝，就代表可以吃了。

这个小菜园产的菜不但我们自己家吃起来富余，连左邻右舍都能照顾到。我们每周日从她那里回到自己家的时候，袋子里塞满了各种新鲜的蔬菜，足足可以吃一个星期。当我渐渐长大，有很多离家的时刻，我的妈妈也是这样对我，每次我带一只行李箱回家，再回来的时候，行李就会成倍数增加，根本拿不动。

为了迎接我们的到来，天蒙蒙亮的时候，外婆就起身去小菜园，采摘各种蔬菜好为周日的大餐做准备。每次，她见到我都会觉得我瘦了，即便是后来经历青春期的我为日益增长的体重所苦恼，她仍然觉得我瘦了，然后就会批评我妈，是不是做饭太凑合了。

我最喜欢吃的是她做的鸡蛋饼和手擀面。她用小麦粉和豆粉和在一起做成面团，然后用很长的擀面杖擀成薄薄的饼，再切成细细的面条，开水下锅，大概五分钟后就熟了。盛出来之后，拌上她自制的酱豆，滴上香油，美味无比。每次她擀面皮的时候，我都要坐在旁边看，只见她把面皮裹上擀面杖之后，那面皮就被控制住了，感觉手在上面不停地动，也没有做多大的力，却眼看着面皮越来越薄，像魔术般神奇。每次我都嚷嚷着要学，可是试了几次也没有学会。

后来，我上了初中，便不能像往常那样每周都回去看她。有一年，她过生日，妈妈、姨妈、舅舅们给她买了很大的生日蛋糕，我因为要考试没有回家为她庆祝。再次回去已经是一个月以后了，她看到我，还是大惊小怪地说我瘦了，觉得我受了委屈。然后她从储藏室里拿出一个大蛋糕盒，里面还存放了一小块蛋糕，说是我没有回家，没吃上蛋糕，就给我留了一块。很奇怪那时的蛋糕放了那么久都没有长毛，但是上面一层的奶油都已经干了，一碰就会整块掉下来。

想来在物质不是很富裕的年代，她觉得她是有责任庇护着我们的，做家长的总担心自己的孩子吃不饱，在她眼里，不管是我还是我妈妈可能是永远吃不饱的孩子，只要她能吃到的东西就一定要留一份给我们，她通过自己的双手劳动换取的好日子时刻都想着要与我们分享。

我后来又到更远的地方上学、工作，尤其是工作之后喜欢到处旅行，尝到了各种各样的食物。在最初的几年，那种感觉好极了，但很快就开始厌倦。前一阵子，我觉得胃部不舒服，去做了胃镜，医生说，别的问题没有，只是胃里的某种菌群超过了正常值。给我的建议就是，以后尽可能少在外面吃东西。于是，我就试着自己动手做起饭来。

我会学着她的样子做一张鸡蛋饼，腌一罐酱菜。这个时候才发现，做好一顿饭真不是简单的事情。没有爱的支撑，谁又愿意耗心费力地花上大半天时间来做顿饭，何况是像她那样日复一日，年复一年。

直到现在，提到“外婆”这两个字，我的内心就会觉得温暖涌动，双眼湿润，即便是在人生低谷之时，一想到她，就觉得在这个世界上，自己是永远被爱着的，就多了很多面对生活中的困难的勇气。

香港·最初的旅行记忆

我总是会轻易爱上在旁人看来繁华又冷漠的城市，比如香港。当很多人都去不丹、尼泊尔寻找人生真谛时，我却很享受地站在香港人潮汹涌的街头，被陌生而热闹的感觉包裹。大概不仅是这个原因，也有可能是因为我们这代人是从小看着 TVB 的剧长大的吧。香港形形色色的故事通过大小屏幕的光影，占据了我青少年时期的许多时光。

在小学和初中的校园里，我们每个人都收集过香港明星的贴纸。温兆伦啦、周慧敏啦，更不用说“四大天王”了。直到前几日，我收拾旧物，还掉落出许多我没有贴完的周慧敏的贴纸——彼时，她正当红，脸上还有婴儿肥。

1997 年前后，大街小巷都能听到艾敬在唱：“香港，香港，怎么那么香？”我记得香港回归之夜，还在中国北方城市读书的我和同学们，打电话到一个电台互动节目中，与主持人聊“回归前夜你在做什么”。我还记得接通电话时，宿舍里那响彻楼道的兴奋的尖叫声。大家围着话筒叽叽喳喳地争相表达。到了半夜，节目结束了很长时间，热闹的气氛才渐渐平息。室友们陆续睡去，我躺在床上久久不能入睡，于是起身借着窗户外照进来的灯光画了一晚上的画，只为了在落款时写上“1997 年 7 月 1 日”。

小时候的电视台也常常播放 TVB 刑侦探案的剧集。所以，时隔多年，当我第一次走出香港海关，看到身着旧橄榄绿色警衣的阿 sir 们时，毫无障碍的，印象中的香港和现实中的香港就重合了。

我判断一座城市是否欢迎我的第一标准就是：会不会让我迷路。香港的路就很好认，地铁换乘也方便。一路地铁坐到铜锣湾，找到预定好的酒店。皮肤黝黑的服务生很有礼貌地一直送我至电梯口并帮我刷了卡按下电梯。

当我走进酒店房间，暗红色的绒布沙发上，放着一本《圣经》。推开窗户，繁忙的维多利亚港就在眼下，路边竖立的牌子上用繁体字书写的店名和广告，司机们驾驶右舵车在狭窄的路上疾驰而过……一个陌生而又熟悉的世界在真实的经历中呈现。

隔日，我专门走到一家小书店去买黄碧云的小说。书店还未开门，于是走进隔壁的古着店，没进门就听店内飘出一支粤语老歌。店里只有店主在，窗帘拉开一条缝隙，一线光照在旧木头搁架上，香奈儿等大牌包和有年代感的华丽的平底尖头鞋泄露着时光的痕迹。店主是 40 岁左右的短发女人，有着香港人的冷漠矜持，只冲我露一个几乎看不到的笑，便不再管我。我买了一只二手刺绣手拿包，想着或许是城里哪位小姐落魄了，需要把自己珍藏的心爱之物拿出来寄卖，也或许，只是人家单纯地不再喜欢这样的东西。

等买完包再去看，书店已营业了。

这家书店在一栋高楼的第三层，楼梯狭窄，墙体斑驳，从第二层起就能看到沿楼梯张贴的各种书的海报，一直贴到三楼门口。后来我又不止一次地到过这个小书店，它总带给我某种奇特的味道，怎么说呢，有种误入另外一个不同的时空的感觉。比如一不小心就进入了一个地下的江湖世界。当然我不是指它是那种武侠江湖。这种感觉，也只有在这家书店有过。

店主说，很多内地读者都来寻黄小姐的书，但说来奇怪，她的书在香港却很少再版。因为以前在内地找不到她的书，我曾经在网络上复制了一篇她的小说并打印出来，带着小说打印稿，坐汽车，想在车上读，谁知半路遇到车祸，车冲进路边的深水沟里，在水灌满车厢之前，我成功地从敞开的车窗爬了出来。可是打印小说却都已散落进水里，站在浅水区的我看着 16 开白色的稿纸漂满了水面，离我越来越远。

再后来，她的新小说在内地一家杂志上发表，我第一时间去买，却至今也没有读完。那时我已遇见彼此相爱的男人，不再想读那些令人窒息的故事了。

虽然错过了黄碧云的小说，却意外地在书架上发现我在很多年前编辑的一本书，它突兀地出现在一堆英文、繁体字的书中，让我有种时光错乱的意外感和欣喜。你做过一些事情，这些事情总在你意想不到的地方等着你，在你快要忘记它的时候，它却自己跳了出来，向你招手。

有很多城市，你去过一次，看过了它的模样，也就罢了，不会再想去第二次。可是香港，却像是在我心中生了根，缓慢又坚韧地生长，并一直长出可爱的小枝条在骚动着我的心，引着我一遍又一遍地前往，而每一次，我都觉得意犹未尽，希望自己能多留几日。

PART FOUR

厨房里的哲学家

人类只有在饱腹后
才能去爱别人

每个孤独的人都要吃饱

女生在咬下一口饭团后，眼泪掉了下来。在此之前，她坐着飞机独自从日本飞行八个小时，又独自乘长途车才到了芬兰的一个小镇，她内心一定经历和感受了很多事情才会只身来到这个陌生之地，诸如孤独、艰难的抉择之类的事情。

在一家名叫“海鸥食堂”的日式餐厅中，坐在她对面的女生问：“你为什么来芬兰呢？”

她说：“我闭上眼睛，在地图上随手指了一个地方，是芬兰，所以就来了。”

当她在异乡，邂逅同样身在异乡的日本女孩，在她狭小的厨房中咬下一口饭团之后，内心起了温暖的化学反应。从那以后，她对这世界充满防备的外壳逐渐破裂、碎掉、脱落，并露出可爱、柔软的内在。

这是电影《海鸥食堂》的场景。我未看完这部电影，在看到一个帅气的北欧男生出现后，就没再继续往下看。看到这里已经足够，我不去想她因为什么样的原因离开家乡，千里迢迢来到一个陌生的地方，但我知道，这对于她来说是一趟治愈之旅，这将是部有着温暖结尾的电影。这大概是食物给我的信心，跟食物有关的电影结局总不会差。

在她咬下饭团、眼泪流下来之后，人生中面临的难题将一一淡化。人在难过的时候，往往只需要吃顿好的，就会化解，即便只是一个饭团。胃一旦被填满，痛苦一旦说出来，眼泪一旦流下来，生活就又会继续着进行下去了。

每个孤独的人都要吃饱，美好的事情才会涌进来，比如爱情。

冰箱里塞满食物的安全感

在冰箱里装满食物的快感，丝毫不亚于把食物吃到胃里的快感。人离开自己的房子外出工作，当一天快要结束，疲累开始袭来的时候，一想到家里粮草充足，冰箱里有食物等着自己去烹煮，心里就会觉得踏实和满足，让这一天都充满期待。有了粮草充沛的后方，才觉得人生有了强大的支撑，回家的脚步也会快一些。

吉本芭娜娜在《厨房》中写："在被田边家收留之前，我每天都睡在厨房。我在哪儿都睡不安稳，就在房间里四处寻找安然入睡的地方。有一天黎明，我发现冰箱旁边最易酣然入梦。"一个几乎失去所有亲人的少女，在这世上孑然一身，无依无靠，要活下去，能拥抱什么呢？也许眼下能让自己感到暖意的只有塞满食物的冰箱了。

有了厨房，有了食物，人生才不至于流离失所。懂得自己给自己温暖，也不至于成长为性格扭曲的人。直到有一天，她爱上了同样命运的男孩，其实男孩在之前就先爱上她了，但没有明确地表达过。有过那样不幸的人都会像刺猬一样敏感，对与世界的关系也充满不安。

是要收回已经涌上心头的爱意还是表达出来？

一个晚上，她在离男孩几十公里的城市出差，尽管她的工作是在各种高档餐厅试吃，但却在深夜溜出去吃一家平实的餐馆。当她在这家夜间小店吃到好吃的茄子煲的时候，便决定打车给他送去一份。好吃的食物就会在吃完后涌出想要与记挂的人分享的心情。这是她做过的最疯狂的决定了，对于一个敏感的人来说，这是她表达爱意的最高形式了，在说不出“我爱你”的时候，馈赠食物是最好的表达方式。

所幸，我们升起了炉火，又烹煮了食物

夜色初垂，街灯亮起。汽车穿行过地球上最繁华的都市街道的霓虹灯，汹涌的面目模糊的人群从地铁口涌出……一天结束了，大家都在赶往回家的路上。柔和的吉他声响起，低沉的中年男声温柔又缓慢地哼起，左眼挂着刀疤但模样祥和的老板挂出营业牌，五花肉、白萝卜、胡萝卜、魔芋片、味噌悉数下锅，开火。

旧时钟在0点准时敲响，“当”开始营业了。

这是由日本同名漫画改编的电视剧《深夜食堂》的剧集的开场，大概每个看过这部剧的人都深深地希望自己的城市里也能有一个这样的深夜食堂。

但在北京这样的城市，特别是在冬天，除了簋街、后海、三里屯这样的地方，大部分的店家都在10点半前就打烊。

有的店家过了10点脸色就渐渐难看起来，就派了店里脸色最黑的人来问是不是可以把账先结了，他们就要打烊了。

一个人住的时候，听莫文蔚的《十二楼》，她唱：“工作了一整天只喝了一碗冷汤。”独自生活的人为了对抗这种凄凉，便走进了厨房。

我在25岁之前，是不太会煮饭的，唯一会做的是西红柿炒鸡蛋。西红柿炒鸡蛋真是单身必备，每当想不到要吃什么的时候，这个组合就会跳出来。但我每次都炒得一塌糊涂，鸡蛋和西红柿纠缠不清，每次进厨房都有种兵荒马乱的感觉。直到搬去和男朋友一起生活，才发现，原来西红柿炒鸡蛋是要先把鸡蛋炒好盛出来，再炒西红柿，等西红柿快炒熟的时候再把炒好的鸡蛋放进去一起翻炒，是要分两次完成的。

后来，过了很久，我们结婚后，提及做饭的事，他开玩笑说：“我是可怜你不会做饭，觉得这个女孩好可怜，怕你有一天会饿死自己，才让你当我女朋友的。”

我说：“我会做啊，那时我就会做西红柿炒鸡蛋的啊，你都忘了吗？”

他说：“你那是西红柿‘炖’蛋吧……”

其实到现在我也不是烹饪高手，甚至连个吃货都不是。我如果在外面吃饭，常去的是家或者工作场合附近的饭馆，是个吃“窝边草”的人。并且，第一次在某个餐厅点了某种食物，如果觉得好吃，就会生生世世一直吃下去。

但我爱厨房，作为一年中有一半的时间在外面吃饭的人，每一次下厨房都是值得珍惜的机会，做饭对我来说不是一种负担。这样说，可能是因为做饭不是我每日的必须任务，如果一日三餐都要自己去操持，可能又会是另一番感受了。如此一来，厨房渐渐成为我的精神领地，也是“能量补给所”。缓慢地洗一只碗、摘一把菜，在外工作的快节奏就被渐渐缓和下来。

有人说，要看一个国家的女人地位是否高，要看她的厨房是否豪华。我倒是没有要求厨房有多么豪华，我想要的厨房也不过就是有干净的瓷砖、有一盏铁皮灯罩下发出微黄色光芒的灯，有一排排透明的玻璃罐子，里面放满了各种香料，要有东方的味噌、辣酱、咖喱、豆瓣酱、胡椒、花椒，也要有西方的番茄酱、迷迭香、肉桂，触手可及。但后来，当我开始做饭，我发现只要食材是好的，不需要放如此多的调料。如果一个厨师只钟情奇特的食材，他不能算是一个会做饭的人，甚至可以归到不擅长做饭的那类。真正的高手，可以用手边最简单食材，做一餐温暖的食物。

自从学会西红柿炒鸡蛋之后，我的厨艺仿佛被打通了“任督二脉”，我开始挑战各种料理。我曾经为了买香茅草做“冬阴功”找了很多家调料店，这种热带国家常用的香料在北京普通的菜市场里不容易买到。直到走到最后一家，店主搬开了高高摞在一起的袋子，在最后一层抽出一把像干草一样的植物，说：“就是它了。”

在冬天的夜晚，用陶瓷罐煮一锅汤是再温暖不过的事情了。把牛骨、豆腐、胡萝卜、海带结、香菇放进锅里煮上一个多小时，直到窗户上聚满了水蒸气，顺着玻璃滑下来。等到煮好，已经很晚了。在等待的过程中，将读了一半的小说读完，或者两个人缩在沙发上共同看一集不费脑子、随时可以暂停的美剧。

在食物面前，人类总是可以卸下防备，敞开心扉。在停火之前，一边搅拌一边放进调料，白天里发生的所有不快的事情，都在喝下一碗热汤后奇迹般消失了。心情如同从高跟鞋上下来，双脚碰到毛绒绒拖鞋的触感。

不管你在外面做着多么光鲜的事业，出入星级酒店，抬步是豪车相伴，生活本来的模样也不过是：炉灶上噗噗冒着白气的陶瓷罐、尖叫着的开水壶、爱人在沙发上看电视、猫咪蹲在窗台上。

有位作家写："人生有时忧伤，所幸，我们升起了炉火，又烹煮了食物。"

我觉得，人类只有在饱腹后才能去爱别人。

早安晨之美

当我在宜家花了七块九毛钱买到这只平底锅的时候，并未对它抱有太大的期望，甚至推着购物车走到一半的时候，我还想把它放下，去拿看起来更厉害（贵）的一只。对做饭有念想的人常在网上搜各种食物的做法，那些在柔和的灯光下用大光圈拍出来的食物看上去美味又诱人，吸引着爱冒险的人去尝试，但结果往往是：独自品尝“理想”与“现实”之间的差别。

此前，我看到别人发布到网上的心形和花瓣形状的煎蛋，蠢蠢欲动，也去买了一只心形的小煎锅回来尝试着做一下，但当我满怀期待地把蛋液倒进锅里时，它们很快便糊在锅底，用锅铲都铲除不了，期待中可爱的心形煎蛋并没有出现。并且我的早餐计划被打乱，最后不得不把沾满糊掉蛋液的锅扔到水池中，慌张地掏出零钱去早点铺子解决早餐。

除了煎蛋的失败阴影，还有一次做红烧鲅鱼的失败经历。做红烧鲅鱼的第一步就要先把涂上面粉的鲅鱼过油煎一下，可是当我把裹上面的鲅鱼放进油锅的时候，鲅鱼上的面糊并不服帖地裹住鱼身，而是大部分到粘到锅上，翻转的时候，要一边铲下粘在锅上的面糊，一边防止它们变糊发黑，结果两败俱伤，我在慌乱中关了火，鱼身也被锅铲斩得七零八落，成了一锅碎块。那天它成了饭桌上最受冷落的一道菜，我的心脏也在慌乱中怦怦跳个不停。

所以,这只廉价的平底锅到了我家之后并未受到重视。直到几天后，在一个星期天的早晨——时间比较宽裕的时候，我才决定用它来做煎蛋。此前煎蛋、煎鱼的失败经历一直是我在厨房里工作的阴影，甚至影响到了我煎食物的勇气，每次看到菜谱中有“煎”的程序，就先在心里退缩了。总之，我不太相信凭借家用的锅和我薄弱的技术就能搞定一枚完整煎蛋，或许在我内心深处已经对“煎”这件事放弃了。

所以，当我在这只平底锅中倒入蛋液时，心里已经做好失败的准备了。但过了大约10几秒钟，蛋液慢慢凝固，我试着用竹铲轻轻转动已经成型的蛋饼时，锅底竟没有留下一点多余的残渣，蛋饼顺利地脱离了锅底。又过了几秒钟，蛋黄已成七分熟，边缘有微微的恰到好处的焦黄，可以出锅了——这次竟然如此轻而易举就成功了，真是一只神奇的锅！我的狂喜丝毫不亚于托马斯·爱迪生终于找到了适合做灯丝材料时的心情。

我趁胜追击，并增加了难度，在蛋液里加了水和面粉，想模仿小时候姥姥常做的鸡蛋饼。做第一张的时候，水放的比较少，倒进平底锅的量太多，没有均匀地摊开，所以在翻面的时候，单面凝固成型的蛋饼突然拦腰折断，我心里刚刚吹起来的自信小气球一下子破裂了。一张鸡蛋饼，一旦不完整了，就失去了它的可爱之处，虽然味道并没差。

所以在做第二张的时候，我汲取了上次的失败经验，多加了一点水。当我把稀薄的面糊倒进去时，它们自然又均匀地占满了平底锅底，几秒钟后就凝固定型成了薄薄的一张饼，这一次很容易翻转，等到它慢慢变成微黄后，就脱离了锅底，可以整张滑进白色的浅瓷盘中。撒上芝麻后，一张美食图片级别的鸡蛋饼就这样成功了。

我发现，我常常在去尝试做某件事情之前在心里主观地下了“自己不行”的定义，不自信的念头就会跳出来作祟。很多事情，虽然不像想象的那么容易，但似乎也没有想象的那么难。有时候，我们只是选错了工具和方式，或者只是因为从来没有尝试过而紧张笨拙导致不成功，只要多练习几次就成功了，熟能生巧的道理虽然简单朴素，却很有用。

厨房的分工本来就应该是这样：铁锅炒菜，电锅蒸米，平底锅煎蛋（饼），每只锅各有所长，各司其职，那个导致我煎蛋失败的心形锅，只是用错了材料，那种铁也许做成炒菜的铁锅会更合适。人生的好多事情也是如此，走在对的路上，才能遇到对的人和事情。我在做饭中，常常得到一些启发，学到一些朴素的道理，这是做饭给我的额外奖励。

当我把早餐做好，关上厨房的灯，厨房的时间结束了，新的一天就要开始了。

试想一下：在一个窗外雀鸟叽叽喳喳吵闹着的早晨，当第一缕阳光照进客厅，食物摆在白色瓷盘上，我们穿着质地舒适的居家服，坐在餐桌前吃一顿自己做的早餐，这是一天中多么美好的开始啊！

享受食物本来的味道

我从小生活的地方，最容易吃到的食物是海鲜。人们常拎一只小桶，在海水退潮的时候，去海边挖上一个小时，就会收获一小桶花蛤蜊。回到家，在清水中放置一会儿让它们吐干净沙，放入锅中煮十分钟，一盘美味就可以上桌了。除了花蛤，还可以拾到随着涨潮漂上来的海带、海草，带回家在水中煮一下，加一点酱油、醋也是一盘美味。

不止是花蛤蜊、海带，任何新鲜的海鲜，如螃蟹、蛏子、毛蛤、海蛎子，我们都是用清水煮熟或蒸熟来吃的，这样能够吃到食物最原始的味道。这种简单的烹调方式不止于海鲜类，在炒菜的时候，也不做过多的加工，只用很少的油，加很少的调料，甚至辣椒都很少吃。炒完之后，菜的颜色还很新鲜，但味道却并不寡淡。敢于这样烹饪食物，是因为食材本身好，小城的市集总是能随手买到各种新鲜的食材，它们本身的味道稍加调味就足以满足人的味蕾。

看这样的描述，似乎不能引起食欲。我有个朋友从云南嫁到此地，初次去男朋友家做客的时候，看到桌上清淡的菜色有些失望，与她家乡那边做一道菜加多种辅助香料相比显得逊色不少。可是起筷吃下去，却是好味道的，食物本来的味道与简单的调料混合激发出的香味，令她觉得不可思议。

同样的不可思议我在西贡的河粉店里也遇到过，当地河粉店的选择很少，不像中国的餐馆，会有一整本餐单供客人选。他们只有牛肉、猪肉、鸡肉三种口味可选，图片上的每一种汤都看起来很清淡，除此之外就是随着河粉端上来的那一盘生青菜，可以根据自己口味添加，桌上几乎没有调味品，只有一罐漂着几粒红辣椒碎的辣椒水，也是清澈见底的。第一次吃的时候，我想，即便加上也没有什么用吧，几粒辣椒碎能起多大作用呢？但最后实在没什么可加就加了一小勺，只这么一勺就让河粉拥有了另一种灵魂，变得更“好味”了。“好味”是我们那里老一辈的人用来夸赞食物美味的词语。此后，我对这种小辣椒的作用也是刮目相看，回到北京后，也常常用小米辣切碎作为调味品。

正是因为从小吃的食物很清淡，味蕾没有受过多的刺激，所以即便成年后，在吃到之前从未吃过的食物时，大脑也会产生一种吃到“人间美味”的“人生初相见”感觉。吃东西的时候就又多了一些幸福感。

在大城市生活，要想吃到食物本来的味道最好的方式是亲自下厨房，尽量不去购买半成品，因为不确定商家用什么方式把食物制成讨好的颜色，也不确定那些食物究竟放置了多久。

有时候，在装修精致的饭店里点一盅老火靓汤，只见菜单上的图片，乳白色的汤上飘着几粒枸杞，盛在精美的器皿里，看起来美味可口，端上来的也是与图片一致，可是喝下去，却完全不是那些食物的味道。如果想要煲出一锅乳白色的骨头汤，至少需要两个小时，而饭店为了节省时间成本，会添加一种能使汤迅速变白的调料。

失望的多了，就自己动手，我自己做饭的时候很少用调料，常常用清炒和煮的方式。煲骨头汤时也只加几粒花椒，滴几滴醋，就开火。一开始还是浑浊的汤，煮到90分钟左右后，就变成了乳白色，整个厨房都充盈着骨头汤的香气。

因为很少吃重油食物的原因，所以在生食某种食物的时候，一点点的变质或者与之前吃到的味道不一样，舌头就会很敏感地察觉出来。最明显的是草莓，有一次，在春天刚来的时候，看到市场上早早地就摆出草莓来卖，我买了两斤来品尝。这些草莓虽然外表看上去红艳欲滴，但吃起来却隐约有股药水的味道，这种药水味儿盖掉了草莓本来的新鲜味儿，吃了几颗觉得不对劲就放进厨房，果然，第二天，它们的表面就长出一团团白色的毛，拿手捏一下，却依旧是硬的，想必，它们刚长大还没有变红就被药水催熟拿来卖了。这两年，又出现了巧克力味儿、奶油味儿的草莓，我只尝试过一两次就对它们不再感兴趣，每次想吃草莓还是等到真正的草莓季节到来吃原味儿的草莓。有次，我终于买到对的草莓，吃第一口便情不自禁地说出：“好香啊。”朋友看着我说：“草莓也可以用‘好香’来形容吗？”

一般来说，“好香”是给肉类的评价，很少有人用来称赞水果。可是，我们切开西瓜时，同汁水一起飘出的若隐若现的西瓜香气；掰开西红柿时，沙瓤里飘出来西红柿独有的味道；拍黄瓜时，隔两尺都可闻到的清香；剥桔子时，桔皮上细小的毛孔喷出的清香液体。该怎么来形容呢？

铁板鱿鱼

除夕夜，看到一对刚结婚不久的朋友发朋友圈："忘记买鱼了，就用鱿鱼代替吧，鱿鱼也是鱼啊。"

我"扑"地笑出声来，才猛然发现鱿鱼这种食物从未被正式地对待过，更别说登上什么隆重的大雅之堂了。似乎没有人专门请人吃鱿鱼（被请的人大概心里会忐忑不安），也很少有人写自己与鱿鱼的故事，它永远都只是出现在大街小巷的小吃摊或者流动摊贩的餐车上，在城管阴影的笼罩下有种淡淡的禁忌之美。但是它有一批忠实粉丝，我们爱它，却不大肆宣扬，只有最熟知我们的人知道。

我曾经在一家颇有名气的台式餐厅点过铁板鱿鱼，不知为什么其他菜都做的很好吃的主厨却单单把鱿鱼给烤得干巴巴的，可能鱿鱼注定是要走小吃摊路线的。甚至它的同类八爪鱼都混得比它好，常会出现在装修考究的日韩料理店，很多人喜欢在它们还蠕动着触角时就把它们丢进嘴巴里，看起来是件非常残忍的事情。不过，安徒生写过一个童话：一只法国蜗牛家族的后裔因为它所居住的公馆里的人不再吃蜗牛了，特别失落，觉得牛生毫无意义，甚至发出这样的祈求："我们很想到公馆里去被烹调一下，然后被放到银盘子里去。我们的祖先们都是这样，你知道这是一种光荣！"不知道鱿鱼们是不是也像蜗牛们这样想呢？所以，当我先生说你这辈子最对不起的动物就是鱿鱼的时候，我就会把这个故事拿出来讲给他听。我从没有吃过蠕动着触角的八爪鱼，因为听说有人因此丧命。我想这大概是它们向人类报仇的唯一机会，这样的机会我绝对不给。

说起来，我也不算是个吃货，却极度钟情鱿鱼，爱到一种极致后，不论去到哪个城市都要寻找鱿鱼摊子，甚至是到了西安这种完全的内陆城市也不例外，吃着吃着就吃出差别来了。沿海城市的鱿鱼因为食材的获取比较方便，味道是最新鲜、最原汁原味的；内陆城市的鱿鱼们因为千山万水的颠簸，再经过冷冻已经瘦成一道闪电了，也就没有什么可吃的了。北方的调料主要是孜然和酱，调料的味道会盖过鱿鱼；而南方的做法是把切碎的洋葱同鱿鱼一起放在铁板上压烤，末了，加点糖，有一丝甜味儿；东南亚国家会用柠檬和辣椒做成酸酸辣辣的口味。

我吃过了很多城市的鱿鱼之后，还是最钟情我长大的北方小城的鱿鱼。家乡大妈的无名摊位上的铁板鱿鱼的味道永远难忘。一年四季，简陋的餐车在小巷子里冒着热气，周围排满了曲别针状的队伍。选一条新鲜的鱿鱼，递给大妈，然后看她狠狠地把它压平在铁板上，鱿鱼瞬间发出吱吱的响声，烤熟之后，大妈用熟练的刀法把它拆分开，抹上酱汁，撒上孜然、辣椒，经过铁板挤压的鱿鱼竟然比烤之前还肥厚多汁了，每一块肉都在颤抖。

有一次，我吃得太投入，手机被偷走了都不知道，等到发现，小偷早已逃之夭夭。刚做好的鱿鱼太烫，等一分钟之后，便可以尽情享受它的美味了，常常是一边走着一边就吃完了。我也曾经自己买来鱿鱼做过几次，可是总是做不出来那种味道，只能在异乡将就着解解馋。也许这种味道就是自己与家乡的连接，是从小便培养出来的味蕾习惯，是无论多么高明的厨师也调制不出来的，你必须千山万水地亲自回去才能找寻到它，感受到它。不管你离家多远，它总会提醒你常回来看看。

离开那座小城之前，我从未在意过食物。我一直觉得自己是个对吃不太在乎的人，但离开的时间久了，再回到家，却总会惦记着回去可以吃到什么，心里有一个必吃食物的榜单，它们散着香气悠悠地勾引着我回去。如果我从未远离，便永远不知道我想念的是什么。我记得很久之前，跟一个人聊天，他跟我说起吃了某种食物时，脸上突然浮现出一种满足感和炫耀之情，好像今生今世因为吃了那种食物便没有遗憾了。他说的什么食物我早已忘记了，但那种满足的表情和语气却深深地记住了，那时候我在想，只是吃了一种食物值得生出这样大的满足感吗？而今再想这事我似乎能理解他了。

有一年的冬天，我带着刚订完婚的男朋友回家过年，那天刚下过雪，我带他去小巷子里吃铁板鱿鱼。是傍晚，快要收摊了，排队的人不是很多，大妈还记得我，她一边把烤好的鱿鱼递给我一边喃喃地说："这孩子，怎么这么爱吃鱿鱼。"那时候我们的感觉不是卖与买的关系，就像是到了姥姥家，她把刚出锅的任何食物都先拿给我吃，然后满意地看着我把它们吃完。刚出炉的鱿鱼酱汁丰富，沿着肥大的触手滴在雪地上，旁边站着不喜欢吃鱿鱼的男朋友，他吃了几口就只看着我吃。那一刻，爱与美食皆在，爱你的人，就是愿陪你一起尝遍世间滋味的人。

椰子油煎杏鲍菇

我的邻居是一位来自中国台湾的私人健身教练，我们第一次打照面是我拖着旅行箱刚从台湾旅行回来，他好奇地问我去哪里了，而我去的刚好是他的老家北投，就这样熟络了起来。

我们一共做了三个月左右的邻居，在结束了北京的工作回台北之前，他敲开我的门问我："你介意我把没有吃完的食物送给你吗？我不想带走也不愿意扔掉。"我答："当然不介意啦。"他送给我一些黑米、大麦、冰糖和一包椰子油，并特别介绍了椰子油。临走前还给我透露了他的健康食谱——牛奶、燕麦片、白煮蛋、香蕉、牛肉、深海鱼、柠檬、谷类，除此之外，他很少胡乱吃东西。原来他那肌肉匀称的好身材除了锻炼外，主要是靠自律吃这些食物得来的。

我煮饭用过花生油、橄榄油，却从未用过椰子油。我一直对不常见的食材充满好奇心，常常心血来潮去超市的进口食品区找寻一些平日里不常见的食物和调味品，然后按照自己的理解去制作。

有次，我买到一罐意大利研磨香料，里面的成分除了海盐，还有罗勒、迷迭香、香草、胡椒等。这本来是为了意大利面而准备的，却发现除了意大利面，它还有太多用武之地，比如，把它加在西红柿蛋花汤、卷心菜和青椒混合的蔬菜汤中，或者鸡蛋饼上，这些中国的食物瞬间充满了异域风情。

所以，当我拿到这包椰子油的时候，直觉认为它与这瓶意大利香料会很配。我习惯在拿到一样食材的时候，先上网了解一下它的性质。刚拿到手的时候感觉袋子硬硬的，我想油不应该是液体吗？就去查它的特性，后来一查才知道，原来椰子油的融点是23度，因为它一直被放在冰箱里，所以大部分的时间，它都是呈固体状存在的。

第一次用它炒了青菜，可是味道并不好，像咖啡配拉面般不搭，也许是我的糟糕厨艺所致。第二次用它煎了面包，就见识到它的与众不同处。之前，我用花生油、橄榄油煎食物，油经常飞溅到手背、胳膊上，而椰子油则比较温和，在煎食物的过程中不会飞溅，并且椰香味儿与面包的味道很好地融合在一起，增强了面包的香味。

“椰子树被称为‘生命之树’，所以榨出的椰子油也营养丰富，它能提高身体的免疫力，抗氧化……”对于一种不常见的食材，我喜欢一边吃，一边看它的营养介绍，好像这样就可以把那些营养功能一并吃下去，如果不知道这些，我会觉得自己吃的只是“充饥之物”。当我看到它有不同于日常所吃的食物的特性后，心里会对它有种莫名的佩服之情。吃下一口有椰子油参与的食物仿佛吃到灵丹妙药一样。

我后来又用椰子油做了很多其他食物，一路试验下来，椰子油煎杏鲍菇是我自创的所有菜品中最成功的一个。做法非常简单，只需把杏鲍菇切成薄薄的片放在椰子油中煎至焦黄，盛盘后撒上意大利风味的调料，就非常完美，趁热咬下去还有微微的咯吱咯吱声。

那段时间，我每天不用闹钟催就会起床，一想到要用椰子油做早餐就立刻从床上跳了起来。遇到一种特别的食物，就像无意中结识了一位有趣的朋友一样充满惊喜，你时刻想着在哪天可以与他见面。

有时候，每天把你叫醒的不是闹钟也不是梦想，也许只是一顿等着你去制作的早餐。很多时候，只需一种特别的小东西就能让某一段生活多一点新鲜感。

烘焙是一部人生哲学

当我把厨房中被各种调料瓶占据的台面收拾干净，放上新买的烤箱后，由衷地感叹了句：这样看起来才像个厨房啊！我是去上了朋友的烘焙工作室的课，才决定买这个烤箱的。早些年，烤箱被利用的几率不是很高，我的一些朋友买完用过几次之后，就搁置起来了。

烘焙不同于制作中餐，需要用到很多做中餐用不到的模具和材料，所以在烘焙之前，需要准备很多模具和材料，与中餐是两个体系。在材料的处理方面也有很多不同，比如面粉要过筛、蛋黄蛋清要分开、黄油要隔碗用温水融化、打发鲜奶油要适度等，这些都是细致的工作，在制作的过程中要温和对待每一步，也不能偷懒跳过任何一个步骤，所以当我决心买一台小烤箱的时候，就下定决心要好好利用它。

烘焙是一件很美好的事情，但是，心急的人做不来，烘焙如同做衣服，如果想急急忙忙赶工般做出一件东西，结果一定是粗糙的。

当我打开烤箱，开始烘焙的时候，发现烘焙其实是一部人生哲学，它除了提供美味又可爱的食物，还带给我不急不躁、心平气和的生活。

1. 人生就像烘焙，你永远不知道接下来会发生什么

在烘焙的初学阶段，当你按照教程把所有的食材揉和在一起放在烤盘上，推进烤箱后，短短的二十分钟，内心充满期待和紧张的情绪。尽管教程上写，这是一款成功率 95% 的糕点，但是你心里会忐忑，那我会不会恰好就是那剩下的 5% 呢？就像学生时期等待放榜时的心情。

2. 人生就像烘焙，提前做好准备，才能从容应对

在做烘焙之前，检查一下所需的材料和工具，不要等到面已和好，才发现所需要的葡萄干或者玫瑰花瓣还未泡好，或是打开冰箱，发现黄油早已过期，所需要的柠檬也没有了。这时，不管你的蛋液打得多么细腻，也只好先暂停下来。不管是在厨房里，还是人生中，提前做好准备，才能从容应对一切。一慌，就容易出乱子。

3. 人生就像烘焙，如果你想看起来与众不同，就要花比别人更多的工夫

有时候，十几分钟烘焙出来的东西，也很可口美味，但是品相平凡了一些。

我的朋友九月小姐是一间教授西餐、烘焙的课堂的创始人。她写过一篇文章，里面写了与名人离婚后的女孩，自己从头开始学习裁剪建立了自己的服装品牌；写了嫁

给有钱人的阔太，并没有像很多人想的那样只知购物逛街，无所事事，而是去做一些热爱的事情：登珠穆朗玛峰、徒步南极，以及创办基金会，去帮助别人；而九月同她的朋友一起创办这间梦想般的课堂的时候，已经怀有身孕，在她怀孕6个月的时候，依然在指挥工人装修工作室。

像这样积极生活的人，我们熟知的还有美国著名的生活家塔莎奶奶。年轻时，她是一位富家千金，也是著名的插画家；年老后，她在乡间种植花草，与小动物为伴，用自己的双手为自己打造一座童话般的世界。她们原本只安心做一枚蛋糕胚就可以，“按照自己的方式活着”使她们的人生都拥有更好的品相。

我们平日的生活就像一枚蛋糕胚子，我们会在上面涂上巧克力，挤上奶油花朵，摆上水果。

4. 人生就像在烘焙，你只放进一块面团，它就还给你一个惊喜

人生的规则就是如此：你付出了你的耐心与时间，才

值得拥有更多美好的东西。

当我把鸡蛋、柠檬汁、黄油、玫瑰花等等所需要的材料，悉数揉在一起的时候，就像在心里藏有一个美好的愿望，现在所做的一切都是朝着梦想的方向前进，每加一滴水，每多揉一秒钟都是向着梦想前进了一步，你看着它从一团散的面粉慢慢形成一个蛋糕的雏形，再在上面装点上精致的花朵，成为一只真正的蛋糕。

当你有了一些成功的烘焙经验之后，烘焙才真正好玩起来，甚至可以抛开教程，尝试从未有人做过的食物。从一开始只会做一个简单版本的蛋糕胚子，到慢慢可以做出一只漂亮的蛋糕，烘焙的过程，就像是怀揣了一个不能对别人说的愿望。因为“愿望”并不是说出来就可以实现的，它需要你的努力，也需要足够的时间让它发酵，你期待你努力之后会有一些惊喜在不远处等你。

当烘焙完毕，烤箱里的面团已经变成一个外焦里嫩的金黄色的面包或者其他点心的时候，你会觉得，我只不过放了个面团进去，就能出来这么一个好东西？那些烘焙前准备材料的辛苦被“成功”的喜悦占据，辛苦一下子变得不重要了。

到了最后，我像很多人一样，置办了烘焙工具却最终让它们闲置了起来。不过，虽然没有学好，倒是“烘”出了很多哲理，也算是物尽其用了。

后记：生活就是，逢山开路遇水架桥

我原本打算在2019年结束这本书的写作，虽然大部分的文字在此前已经写完，但我想再修改和增加一些内容，因为又过了一年，我又有很多东西想要表达出来。但是这一年，我的工作密度极大，写作的时间被切割成碎片。

《吸血鬼日记》里有一个体质特异的女巫邦妮，她的身体是阴阳两界的间隔屏，每个死去的人都要穿过她的身体才能到达另一个世界。每一次，当有人穿过她的时候，她就会无比痛苦，无论那时她在做什么，都会痛苦地停下来。这一年我的状态就是像她那样——所有的事情纷纷穿过我。

但是无论时代如何发展，科技如何进步，各种新媒体怎样层出不穷地出现，我还是愿意一本接一本地出版我的纸质书。每次要出纸质书的时候，我总会反反复复修改，希望能呈现出最好的状态，我一边告诉自己不要着急，一边心里却暗暗着急。每次要确定新书方案的时候，只有当我觉得这篇文字可以定稿了，或者看到一个可以定稿的封面了，心里才会有个开关“噔”的一声弹开。

这次，尽管我一直在写和修改，但是那个声音一直没有响起，那我也就只好耐住性子。

这年的年末，一年的工作终于结束，公司的规模也达到了预期的目标，我和先生放了17天的长假。我想，我终于有一块完整的时间属于自己了。定了喜欢的酒店，带了简单的行李，我们几乎是连夜离开北京踏上旅途的。我想在旅途的新鲜环境中，在一个舒适的酒店里写作。但大概过去的一年过于紧张，在旅途的前几日只能放空，竟一个字也没有写。而等到旅程到了尾声，“新型冠状病毒”这几个字就开始出现在我的周围，打开酒店的电视，新闻台也开始循环播放，周围的氛围迅速地紧张起来。到了我们拖着行李箱离开的时候，大街上从之前只有三三两两戴口罩的人增加到了绝大多数的人都戴上了口罩。而当我们回到北京没过几日，回程的航班就停运了。

像所有人一样，在家过了一个没有出门的春节，离法定开工的日子越来越近了，但病毒却一直没有控制住，当我们意识到这件事在短时间内无法解决的时候，就果断给员工放了更长的假，只留几个人在线轮流值班。我想既然什么都不能做，我就趁这个时间写完这本书吧。

尽管我相信，病毒最终会被杀死，但是究竟会在多久之后被杀死，没有人能给我们一个准确答案。在这之后，公司的生存要面临一个非常大的挑战。也许，之前几年的努力将会白费，西西弗斯的石头就要滚落山底。

12 年前，当我带着简单的行李来到北京时，还带着“初生牛犊不怕虎”的新鲜感，以及对现实生活的无知。那个时期的我，哪怕手里只有两千块钱都敢从公司裸辞。直到一份做了 3 年的工作结束后，我害怕再去任何公司上班。自那以后，我和先生就开始创办自己的图书品牌，从最初只有两个人的图书工作室开始做起，到现在拥有一家能自己独立策划出版、发行的图书公司，时间竟然过去七八年了。

***

最近几年，我越来越觉得自己是个士兵，而这个城市则是军营。

这些年，“突然走不下去的时刻”总是如影随形，站在十字路口，茫然无措，想要迈出的脚不知该落在哪里。

我还记得我们公司面临的第一次困难。那是在创业的第三年，公司陷入一个困境，前路未明，一片茫然，在最低落的时候，我们甚至想过还要不要继续做下去。那年春节，我们只想两个人过一个不受打扰的新年，于是决定去气候温暖的香港。

在香港的那几日，我们很少乘车，每天走很多的路，去一些不被游人眷顾的地方，我们一直走，一直走，印度的神庙、住满流浪汉的桥底、菲佣聚餐的公园、湾仔热闹的红灯区……就这样一一走过，虽然此前也去过几次香港，但从来没有这样深入地逛过。

有一天，我们走着走着，走到一个路口，一抬头，看到眼前的路牌上霍然写着两个大大的字“活路”——世界上居然有一条叫“活路”的路？我俩相视一笑，突然从连日的困顿中回过神来，心情也开朗起来。虽然看起来有点迷信，但我们想这或许是某种预示吧。

我们认真地想了一些问题，第二年，我们孤注一掷，把所有资金调集起来，把工作室升级为公司，开始做更多的事情。公司又继续运营，并且推出了很多受欢迎的作品，那一年收获很多。

在我们解决完公司遇到的第一个大困难之后，往后几乎每一年，都会遇到大大小小的问题。不过每解决一次，心态就会比之前坚定一些，视野都比之前开阔一些，公司也会向上攀登一个台阶。后来我们渐渐明白，人生中遇到的所有的问题都不能一次性解决，创业的过程是件挫败感很强的事情，常常会收到来自四面八方的负面信息，你必须快速地分析处理那些问题，迅速地从那种感觉中走出来，没有任何多余的时间让你停下来去细想。也是在这个过程中，你心里的某些部分必须得变得十分强大，但肯定也会有一些部分被耗损，大部分的时候我们要一边自行解决内心问题，一边向前走。

其实，所有在自己领域中做出成绩的人，都在不露声色地解决着各种问题。这样的人不会时不时跳出来诉苦，他们像浮在水面上的天鹅，不管水下的脚掌是如何的忙乱，水面上也必须保持着自己的那份优雅。或许也可以这么说，当你看到他的眼前是一片坦途的时候，你不知道的是——他无时无刻地不在默默地逢山开路，遇水架桥。

甚至有时这会给旁观的人一个错觉，以为他们做的事情比较简单。

我有个朋友想开一家绘本馆，因为她看到自己家所在的社区有成功的先例，而且她认为做这个不会太累，也能陪伴自己的孩子成长。她准备了前期的资金、场地、运营模式，觉得都没有问题之后，就满怀希望地开始了。直到一年之后，我们再见面，她说已经不做了，她说，没有想到打败她的是——每天都要打扫落在书上的灰尘这件小事。

***

这一次，因为疫情的原因被困在家中。在度过了最初几天的焦虑期后，我开始认真地写这本书未完成的部分。每一天，我的大脑一面处理着疫情的负面信息，一面处理文字，日子过得飞快又踏实。

我常常想到《唐顿庄园》第三季的开场：伯爵投资失利濒临破产，适逢大小姐与大表哥的婚礼，庄园上下从伯爵夫人到仆人们都想着要办一场隆重的婚礼，伯爵不想破坏沉浸在欢乐气氛中的庄园，想独守这个秘密，等到婚礼结束后再告诉大家，因为这次失去的不是一点小钱，而是意味着要卖掉整个庄园，家里的仆人们都要失业，其他人都要挤进一所小房子里。可是眼看着大笔大笔的钱要因为婚礼花出去，于是他再也憋不住，偷偷告诉了伯爵夫人。从未对外表露过软弱情绪的伯爵这次也觉得事态严重，在向伯爵夫人说起这件事情的时候懊恼地流下了眼泪。

看到这里，我以为连早餐也需要仆人端到床上享用的伯爵夫人会大惊失色，或者抱怨伯爵投资不够谨慎。可是当她知道伯爵已经被这独守的秘密折磨了好多天的时候，不仅不曾抱怨，反而为自己没有与他分担这艰难而深感歉疚，她拥抱了他并说："别担心，我是美国人，拿着枪就敢闯世界。幸好，我们还有个婚礼可以庆祝，就算是最后的盛典也要画上精彩的句号。"

当她讲完这句话时，我瞬间对这个人物另眼相看。后来唐顿庄园当然也度过了经济难关，又继续滚滚前行。

可能并不会有那么一个时刻，有人会明确地告诉你，一切可以恢复到从前了。当每一波的困境结束后，人们也只能踩着残余的阴影继续前行。

我们可以回想从前——即便是在这次疫情之前，我们每个人也是一边默默地解决着自己小世界的问题，一边拨开生活的迷雾重新迈开步伐的。

愿我们都拥有一颗像伯爵夫人那样的心——逢山开路，遇水架桥。

也愿我们都能在生命的一个个关口幸运地看到“活路”。

上帝永远偏爱勇敢的人。

2020. 3. 3

图书在版编目（CIP）数据

生活就是逢山开路遇水架桥 / 程碧著. -- 天津：百花文艺出版社，2021.11（2024.2重印）
ISBN 978-7-5306-8163-3

Ⅰ. ①生… Ⅱ. ①程… Ⅲ. ①散文集－中国－当代 Ⅳ. ①I267

中国版本图书馆CIP数据核字(2021)第209234号

生活就是逢山开路遇水架桥
SHENGHUO JIUSHI FENGSHANKAILU YUSHUIJIAQIAO
程碧 著

出 版 人：薛印胜
选题策划：唐冠群　胡晓童
责任编辑：张　雪
装帧设计：陈旭麟 @AllenChan_cxl
出版发行：百花文艺出版社
地址：天津市和平区西康路35号　**邮编：**300051
电话传真：+86-22-23332651（发行部）
+86-22-23332656（总编室）
+86-22-23332478（邮购部）
网址：http://www.baihuawenyi.com
印刷：河北鹏润印刷有限公司
开本：787×1092 毫米 1/32
字数：120千字
印张：9.5
版次：2021年11月第1版
印次：2024年2月第5次印刷
定价：58.00元

如有印装质量问题，请与河北鹏润印刷有限公司 联系调换
地址：河北省沧州市肃宁县经济开发区宏业路北侧
电话：0317-7587722　　邮编：062350

捧读文化
触及身心的阅读

全国总经销

出 品 人　张进步

特约编辑　宇宙之井　罗　盛
装帧设计　陈旭麟 @AllenChan_cxl
插画创作　三乖

新 浪 微 博

京东专营店

出版投稿、合作交流，请发邮件至：innearth@foxmail.com
了解新书，图书邮购、团购、采购等，请联系发行电话：010-85805570